だいわ文庫

おいしいアンソロジー
お弁当
ふたをあける楽しみ。

阿川佐和子 他

大和書房

お弁当 ふたをあける楽しみ。

目次

弁当三十六景 ● 木内昇

きうち・のぼり
1967年東京都生まれ。小説家。出版社勤務を経てインタビュー誌『Spotting』を主宰。雑誌などでの執筆・編集を続けるかたわら『新選組　幕末の青嵐』にて小説家デビュー。おもな著作に『茗荷谷の猫』、『漂砂のうたう』、『笑い三年、泣き三月。』など。

一旦書きはじめるとあまり気分を変えたくなくて、昼飯はたいてい手早く済ませる。よってほぼ毎日弁当を作る。朝、寝ぼけまなこで適当に残り物を詰めていると、ふと学生時代の弁当を思い出すことがある。

母は料理上手で弁当も凝ってくれたのだが、印象深いのはなぜかカツ丼である。中身というより、これを詰めるのが高崎だるま弁当の空箱だったことによる。プラスチック製、だるま型、あの赤い色の憎い奴、である。弁当を食べたあと貯金箱として使えるよう、上蓋のだるまの口部分は硬貨を入れるにちょうどいい穴が空いている。これに、だしで煮たカツを詰める。当然ながら、横にしないよう用心して運んでも、学校に着く頃にはだるまはたがわずだし汁のよだれを流している。包みに染みて、二時間目、三時間目とたつにつれ教室にはカツ丼臭が満ちていく。私は何度も、「カツ丼はともかく容器を別のものにしてほしい」と母に懇願した。しかし次のカツ丼時もまた、台所ではかたくなにだるまがスタンバッている。「丼」とくれば「だるま」は我が家のルールだったのだ。この苦行は中・高と六年続いた。

中学時代、女子の弁当はそろって「手乗りか?」と疑うほど小さかった。明らかに男子受けを狙ったものである。毎日ハードな部活に明け暮れ、ドカ弁を食べてもなお腹を減らしていた私は、これを「自己欺瞞《ぎまん》弁当」と命名して密かにねたんでいた。

ところが高校では一転、女子の弁当もみな男並みに大きく、中身も不思議と個性満開になる。タッパーを開けると一面そば、という弁当があった。付属の小さな丸いタッパーにはそばつゆが、湿らないようにラップにくるまれた海苔までついているこだわりよう。ザ・ざるそば弁当である。はじめこれを見たとき、だるまカツ丼で異彩を放ってきた私も、さすがにギョッとした。それを持ってきたのが、色白で儚《はかな》げな女の子だったのでよけい衝撃は大きかった。しかし次に彼女が、タッパー一面に敷き詰められたナポリタンを持ってきたとき、「ああ、ここんちは昼は麺《めん》なのだ」と合点した。

家の事情で自ら弁当を作って持ってくる男子がいた。惣菜らしきコロッケやらメンチカツが、ご飯にドーンと載っているだけの弁当である。少し恥ずかしかったのか、いつも窓から顔を突き出すようにしてこれをかき込んでいた。かっこいい奴だな、と私はずっと思っていた。

たぶん、彩り美しい弁当は山とあったろう。しかし記憶に残るのは、その家のにおいがにじみ出たような弁当ばかりだ。家庭にはそれぞれ、流儀や価値観、習慣がある。人の数だけ暮らし方はあって、その内実は経済状態や住環境、家族構成といった表面的なことのみで計れるものではないのだろう。なにせ暮らしというのは、誰もが営んでいる身近なものであるにもかかわらず、これぞ正解という形がなく、プロもいない。そもそも甲乙をつけられるものですらないのだ。どの家庭にも必ず華《はな》があり、よろこび苦しみがあり、問題があり、喪失がある。だから、体裁を飾ることや、よそと比べてどっちがどうだということにはあまり意味がない。家庭は本来、自分たちなりの形をゼロから紡げる、これ以上ない創造的現場なのだと思う。

理想の家庭、なんて幻想である。人も暮らしもいろいろあるから面白く、また愛おしいのだ。

お弁当 ● 向田邦子

むこうだ・くにこ
1929年東京都生まれ。脚本家、作家。社長秘書、映画雑誌編集者を経て、脚本家に。代表作に「だいこんの花」、「寺内貫太郎一家」、「阿修羅のごとく」など。おもな著作に『父の詫び状』、『思い出トランプ』など。1981年没。

自分は中流である、と思っている人が九十一パーセントを占めているという。この統計を新聞で見たとき、私はこれは学校給食の影響だと思った。毎日一回、同じものを食べて大きくなれば、そういう世代が増えてゆけば、そう考えるようになって無理はないという気がした。

小学校の頃、お弁当の時間というのは、嫌でも、自分の家の貧富、家族の愛情というか、かまってもらっているかどうかを考えないわけにはいかない時間であった。豊かなうちの子は、豊かなお弁当を持ってきた。大きい家に住んでいても、母親がかまってくれない子は、子供にもそうと判るおかずを持ってきた。

お弁当箱もさまざまで、アルマイトの新型で、おかず入れが別になり、汁が出ないように、パッキングのついた留めのついているのを持ってくる子もいたし、何代目かのお下りなのか、でこぼこになった上に、上にのせる梅干で酸化したのだろう、真中に穴のあいたのを持ってくる子もいた。

当番になった子が、小使いさんの運んでくる大きなヤカンに入ったお茶をついで廻るのだが、アルミのコップを持っていない子は、お弁当の蓋《ふた》についでもらっていた。蓋に穴のあいている子は、お弁当を食べ終ってから、自分でヤカンのそばにゆき、身のほうについで飲んでいた。

ときどきお弁当を持ってこない子もいた。忘れた、と、おなかが痛い、と、ふたつの理由を繰り返して、その時間は、教室の外へ出ていた。

砂場で遊んでいることもあったし、ボールを蹴っていることもあった。そんな元気もないのか、羽目板に寄りかかって陽なたぼっこをしているときもあった。

そういう子に対して、まわりの子も先生も、自分の分を半分分けてやろうとか、そんなことは誰もしなかった。薄情のようだが、今にして思えば、やはり正しかったような気がする。ひとに恵まれて肩身のせまい思いをするなら、私だって運動場でボールを蹴っていたほうがいい。

お茶の当番にあたったとき、先生にお茶をつぎながら、おかずをのぞいたことがある。のぞかなくても、先生も教壇で一緒に食べるので、下から仰いでもおよその見当がついたのだが、先生のおかずも、あまりたいしたものは入っていなかった。

昆布の佃煮と切りいかだけ。目刺しが一匹にたくあん。そういうおかずを持ってくる子のことを考えて、殊更《ことさら》、つつましいものを詰めてこられたのか、それとも薄給だったのだろうか。

私がもう少し利発な子供だったら、あのお弁当の時間は、何よりも政治、経済、社会について、人間の不平等について学べた時間であった。残念ながら、私に残っているのは思い出と感傷である。

東京から鹿児島へ転校した直後のことだから、小学校四年のときである。すぐ横の席の子で、お弁当のおかずに、茶色っぽい見馴《みな》れない漬物だけ、という女の子がいた。その子は、貧しいおかずを恥じているらしく、いつも蓋を半分かぶせるようにして食べていた。滅多に口を利かない陰気な子だった。

どういうきっかけか忘れてしまったが、何日目かに、私はその漬物をひと切れ、分けてもらった。これがひどくおいしいのである。

当時、鹿児島の、ほとんどのうちで自家製にしていた壺漬なのだが、今みたいに、坐っていて、日本中のどこの名産の食べものでも手に入る時代ではなかったから、私は本当にびっくりして、おいしいおいしいと言ったのだろうと思う。

その子は、帰りにうちへ寄らないかという。うんとご馳走して上げるというのである。

小学校からはかなり距離のあるうちだったが、私はついていった。

もとはなにか小商《こあきな》いをしていたのが店仕舞いをした、といったつくりの、小さなうちであった。彼女の姿を見て、おもてで遊んでいた四、五人の小さな妹や弟たちが彼女と一緒にうちへ上った。

うちには誰もいなかった。私は戸締りをしていないことにびっくりしたが、すぐにその必要がないことが判った。そのうちはちゃぶ台のほかは家具は何ひとつ無かったからである。

彼女は、私を台所へ引っぱってゆき、上げ蓋を持ち上げた。黒っぽいカメに手をかけたとき、頭の上から大きな声でどなられた。

働きに出ていたらしい母親が帰ってきたのだ。きつい訛《なま》りで「何をしている」と言って叱責する母親に向って、彼女はびっくりするような大きな声で、

「東京から転校してきた子が、これをおいしいといったから連れてきた」

というようなことを言って泣き出した。

母親に立ち向う、という感じだった。

帰ろうとする私の衿髪《えりがみ》をつかむようにして、母親は私をちゃぶ台の前に坐らせ、丼いっぱいの壺漬を振舞ってくれた。この間、三十八年ぶりで鹿児島へゆき、ささやかな同窓会があった。この人に逢いたいと思ったが、消息が判らないとかで、あのときの礼はまだ言わずじまいでいる。

女子供のお弁当は、おの字がつくが、男の場合は弁当である。

これは父の弁当のはなしなのだが、私の父はひと頃、釣に凝ったことがある。のぼせると、何でも本式にやらなくては気の済まない人間だったから、母も苦労をしたらしいが、釣に夢中になっていて弁当を流してしまった。

はなしの具合では川、それも渓流らしい。茶店などある場所ではなかったから、諦めていると、時分どきになったら、すこし離れたところにいた一人の男が手招きする。

「弁当を一緒にやりませんか」

辞退をしたが、余分があるから、といって、父のそばへやってきて、弁当をひろげてみせた。

「世の中に、あんな豪華な弁当があるのかと思ったね」

色どりといい、中身といい、まさに王侯貴族の弁当であったという。あとから礼状でもと思い、名前を聞いたが、笑って手を振って答えなかった。その人とは帰りに駅で別れたが、その頃としては珍しかった外国産の大型車が迎えにきていたという。

何年かあとになって、雑誌のグラビアでその人によく似た顔をみつけて、もう一度びっくりしたという。勅使河原蒼風《てしがはらそうふう》氏だったそうな。人違いじゃないのと言っているうちに父は故人になった。あの人の花はあまり好きではなかったが、親がひとかたけの弁当を振舞われたと思うせいか、人柄にはあたたかいものを感じていた。

かっこいいおにぎり

穂村弘

ほむら・ひろし
1962年北海道生まれ。歌人。1990年、第一歌集『シンジケート』でデビューし、各界に衝撃を与える。短歌の域にとどまらず、評論、エッセイ、絵本翻訳など活躍は多岐にわたる。おもな著作に『短歌の友人』、『整形前夜』、『絶叫委員会』など。

小学生のとき、母親のつくってくれるおにぎりが嫌だった。運動会とか遠足とか誕生会とか、さまざまな場面でおにぎりという食べ物は繰り返し登場する。そのたびに微妙にネガティヴな気持ちになった。

母のおにぎりは、大きくてまん丸で海苔が全面にびっしりと巻いてある。みたところ黒いボールだ。子供心に「なんか、かっこわるいなあ」と思ったのだ。

或る日、思い切ってそう告げると、母は心外そうに云った。

「じゃあ、どんなおにぎりならいいの？」

私は応えた。

「ターちゃんのおばちゃんのおにぎりみたいなの」

ターちゃんはその頃いちばん仲良かった友達である。ターちゃんのおばちゃんのおにぎりは、小さめで三角で海苔が部分的に巻かれていた。ぺたりと貼り付けられた海苔に対して角っこのところは白い御飯のまま。そのコントラストがなんだかかっこよく思えたのだ。

私のたどたどしい説明をきいた母は「なーんだ」と云った。

「そっちの方が簡単だよ。海苔だってちょっとしか使わないし」

でも、と私は思った。お母さんのおにぎりは海苔を沢山巻き過ぎていて、海苔と海苔が重なっているところが浮き上がってもさもさするんだ。勿論、その言葉は口には出さなかった。

「なーんだ」と云った割には、母のおにぎりは変わらなかった。中学、高校、大学、私が大人になるまで、ずっと黒いボールのまま。何か信念があったのか。それともああしかつくれなかったのだろうか。今となっては懐かしい気がする。もう一度食べてみたいものだ。

中学校に入ってから、初めて俵型のおにぎりというものに出会ってショックを受けた。がーん。なんてかっこいいおにぎりなんだ。ターちゃんのおばちゃんのおにぎりよりもかっこいいよ。私のなかのおにぎり番付は更新された。

それにしても、食べ物がおいしいはともかく、かっこいい、ってなんなんだろう。ひとが或る食べ物をかっこいいと思い込むのは、どういうメカニズムによっているのか。俵型のおにぎりのどこがそんなにかっこよかったのか。当時の自分の気持ちを振り返ってもよくわからない。

それ以外に、かっこいい食べ物として憶えているのはシェイク。やはり小学生のとき、ホテルのレストランで友達のおじさんが注文したのをひと口飲ませてもらったのだ。「!」と思った。アイスでもない。ジュースでもない。でも、このどろどろはアイスよりジュースよりおいしい。なんて凄いものが世の中にはあるんだ。

中学生になって、マクドナルドに普通にそれがあるのを知ったとき、目を疑った。もっと、神秘的などろどろだと思い込んでいたのだ。しかも安い。私は狂喜した。

「飲む飲む毎日飲む」と誓う。だが、不思議なことに実際にはそれほど飲まなかった。というか、たぶんシェイクって生涯で十回も飲んでいないと思う。あのショック や喜びや誓いは、一体なんだったんだろう。

かっこいい食べ物には、どうやらかなりの個人差があるらしい。大学のとき、レストランで席に着くなり、ひとりだけメニューもみずに「俺ボンゴレ」と云う奴がいた。彼のなかで「ボンゴレ」は単に好物という以上の食べ物だったのだろう。私がそれに気づいたのは、彼が「ボンゴレ」というあだ名をつけられてもちっとも嫌がらず、むしろ満足そうだったからだ。「ボンゴレ」と呼ばれる度に「俺ボンゴレ」と思ってうっとり……。「太陽にほえろ！」の「マカロニ」とか「スコッチ」みたいなものだろうか。ちょっと違うか。

つい先日、いちばんかっこいい食べ物は「わんこ蕎麦」という若者に出会った。変わった趣味だなと思いながら、「わんこ蕎麦」のどこがかっこいいのか尋ねたら、「リズムです」と云われてびっくり。味でも匂いでも食感でもなく、食べ物を「リズム」で選ぶとはさすが若者。

のり弁の日

江國香織

えくに・かおり
1964年東京都生まれ。小説家、翻訳家、詩人。児童文学作品の『草之丞の話』からキャリアをスタートさせ、小説『きらきらひかる』、『落下する夕方』などで注目される。おもな著作に『神様のボート』、『泳ぐのに、安全でも適切でもありません』、『号泣する準備はできていた』など。

お弁当を作ってどこか戸外へでかける、ということを、もう随分していない。そう思ったら、どうしてものり弁をたべたくなった。戸外にでかける予定はないのだけれど。

女子校に通っていたころ、母が毎日お弁当を作ってくれていた。母の作るお弁当はいつも色合いが地味で（たとえばおでんと茶めし。母はその組合せを気に入っていた）、しかも大きいのだった。他の子たちのお弁当は一様に小さく、こまごまといろいろなものが色どりよく詰められていた。ゆで玉子がうずらだったり、ハンバーグの直径が三センチくらいだったり。プチトマト、というものの存在を私がはじめて知ったのも、お友達のお弁当を見てだった。本物じゃないみたいにかわいらしいモノだと思った。プチであろうとなかろうと、生野菜をお弁当に入れるというのは母のやり方ではなかった。私のお弁当に入っている野菜といえば、茹でたホウレン草とかインゲンとか、漬物とか煮物とかで、やっぱりなんだか地味なのだった。

のり弁の日は、いつもにも増してお弁当箱が大きく、ずしりと持ち重りがした。私はのり弁が好きだったのだけれど、大きさと重さが恥かしく、もっと小さいお弁当箱に詰めて、と何度か頼んだ。でも母は、「そんなんじゃろくすっぽ入らないじゃないの」と言ってとりあってくれなかった。

そんなことを思いだしながら、二人分ののり弁を作った。のり弁のおいしさは冷めたあとにこそわかる——しっとりと湿った海苔の風味、ごはんと海苔といり玉子の段々が、重みと時間の作用によって、しっかり一体となった味わい——と思っているので、午後早くに作った。晴れた昼間で、おもてでしきりにオナガが鳴くのが聞こえた。この夏は、近所でオナガをたくさん見かける。それも、公園とか木の枝とかでではなく、普通の歩道で。ついこのあいだも、まるで信号待ちでもしているみたいに、横断歩道のわきに二羽佇んでいた。ほっそりしていて、その名の通りに長い尾は水色、頭のてっぺんの黒いその鳥はとても美しいけれど、鳴き声はあまり美しくない。太い、はっきりした声で、「ジューイ」とか「ギューイ」とか聞こえるふうに鳴く。「ギューッ」「ジューッ」だけで「イ」のないときもあり、そういうときは、何か怒っているように聞こえる。

子供のころもいまも、私はたまたまおなじ世田谷に住んでいるのだけれど、昔よりいまの方が、住宅地でいろいろな種類の鳥を見かける。たとえば、春には毎年うぐいすを見るが、子供のころの私は、昔話や花札にでてくるその鳥について、「ホーホケキョ」などというふざけた鳴き方をする鳥がほんとうにいるはずはない、と思っていた。きっと昔はいて、でも平安時代くらいに絶滅した鳥で、だからこそ人々は、色や豆や和菓子の名にして偲んでいるのだろう、と考えていたのだ。

鳥だけではなく、ちょうちょもそうだ。かつて――というのは三十五年くらい前――、家の周りでいちばんたくさん見かけるちょうちょはしじみ蝶だった。小さくて、羽根がうすむらさき色のあのちょうちょが、私は大好きだった。よくつかまえて遊んだ（つかまえてすぐにぱっと放したので、ちょうちょにダメージを与えているとは考えもしなかったが、勿論たくさん与えたのだ）。しじみ蝶は、夕方に野すみれの群生するなかにまぎれてしまうと、ほんとうに見分けがつかなくなる。じっと目を凝らして立ったまま待ち、それを見分ける瞬間が好きだった。ふいに見分けがつくのだ。その一瞬は、でもすぐに過ぎてしまう。また目を凝らして待つ。そんなことをしていると、いつのまにかとっぷりと日が暮れているのだった。

しじみ蝶の次に多いのがもんしろ蝶で、三番目がもんき蝶、四番目はあげは蝶で、これは滅多に見られなかった。でも最近は真逆だ。すくなくともここ十年くらい、近所でいちばんよく見るちょうちょがあげは蝶で、ときどき見るのがもんしろ蝶ともんき蝶、しじみ蝶は全く見ない。理由はわからないけれど、小さな生きものの分布図が変化したのだと思う。

話がそれてしまった。

オナガの声を聞きながら、ひさしぶりにのり弁を作って驚いたのは、卵の使用量だった。お弁当箱に何段か敷きつめられるだけの分量のいり玉子を作るのに、こんなに卵がいるのだっただろうか。二人分で六個使った。

ごはん、海苔、玉子、ごはん、海苔、玉子、ごはん、海苔、玉子と重ね、しばらくふたを斜めにのせておく。粗熱がとれたところできっちりとふたをして、あとは夜を待つばかり。

夕方、いつもの魚屋さん（冷蔵ケースも水道も完備された軽トラックでやってきて、その場で魚をさばいてくれる）がきたので、すすめられるままに、赤ホゴという魚を買ってお味噌汁にした。赤ホゴというのはカサゴに似ているけれど違うもので、山口県でとれるのだそうだ。

他に、つまみというか、おかずを幾つか（焼鮭、こんにゃくの炒め煮、にんじんサラダ）作ったことは作ったのだが、あくまでものり弁主体に考えた献立だったので、いざならべてみると、随分質素な食卓になった。

夜ごはんなのにつめたいお弁当というのはどうなのだろう、ということに、私はようやく思い至った。

「あのね、きょうのごはんはのり弁なんだけど……」

切りだすと、何事につけてもまず理由を訊く癖のある夫は、

「何で?」

と訊いた。そして、私がこたえるより早く、

「ああ、ワールドカップだからか」

と、自分で結論づけてしまった。

「まあ、そんなところ」

ワールドカップとのり弁のあいだにどういう関係があるのかわからなかったけれど、私はこたえた。そして、献立が質素なぶんのみものは贅沢にしようと思いついてシャンパンをあけた。シャンパンはその日の献立に妙にしっくりと合い、のり弁はおいしかった。

敗戦は日の丸弁当にあり

池部良

いけべ・りょう
1918年東京都生まれ。俳優、随筆家。監督を目指して東宝に入社後、俳優に転身。「青い山脈」などの青春映画から「昭和残侠伝」シリーズなどの任侠ものまで幅広く活躍。そのかたわら『そよ風ときにはつむじ風』など数々の味わい深い随筆を残した。2010年没。

半世紀以上も前、僕が小学校四年生になったときのこと。

おやじが、何を思ってか、「明日から俺が弁当を作ってやる」と言う。

おやじは洋画家。東京も神田で産声を上げて下谷で育った。らしい。

二百坪の庭にアトリエがあったから、洋画家であることは歴然としていたが、おやじが生れた瞬間も、育った経緯《いきさつ》も見ていないから、らしい、とだけしか言えない。

従って自称、江戸っ子だと言っているのを鵜呑《うの》みで承知している。

おやじは江戸っ子が持つ、いいとこ、悪いとこを半々に持ち合わせていたから、おふくろも伜《せがれ》の僕も毎日、おやじの言動に幻惑されていた。

「お父さんが、お弁当、作ってくれるの?」と聞き返えしたら、

「ばかやろ。男が、弁当におを付ける奴があるか。みっともねえ」と言った。

「どうして、お父さんが、弁当作るの?」と重ねて聞いた。

「お母さんはな、四人姉妹の末っ子だから、料理は勿論、何んにも出来ねえ。

俺はそいつを承知で、貰ってやったんだが、ほとほと手を焼いている。おまけに、書家の娘だから、味《あじわい》ってものが判らねえ」

「書家の娘だと、味が判んないの?」

「当り前だ。料理ってものは、絵を描くのと同じで、まず描きたいものの骨組みを、確《しっか》り考えてから、画布にデッサンで線を描いて、絵の具を塗るんだが、下塗りから、順々といろんな色を、頭の中で調合して描くわけだが、こらあ、頭のいい奴じゃないと出来ねえ、仕事だ。

書家ってのは、デッサンも糸瓜《へちま》もない。

筆で、字さえ書きゃあ、それでいいわけだ。

変てこに字を、ひん曲げてみたり、墨を薄くしたり、濃くしたりして書けば、こらあ、字ってもんじゃない。絵のようなもんだ。

絵もどきの字なんざ、到底、書とは言えねえし、と俺は思ってる」

おやじの話は、訊ねた本題を離れて、長々と続いた。九歳の子供に判るはずがない。

「どうして、お父さんが、僕の弁当を作ってくれるの？　お母さん、病気なのかな」と追い討ちをかけたら、

「それよ。お母さんはな。一種の病気じゃねえかと思うんだ。書家の娘だから、頭が悪くて、味が判らねえってのに、毎朝、俺やお前よりも早く起きて、お前の弁当のおかず作ってる」

「お母さんが、作っちゃいけないの」

「いけねえわけじゃないが、味の判らねえ奴が、おかずを作ったって食べる身にもなってみろ。まずくて食う気がしねえだろ」

「でも、うまいよ。だから、友達が、みんな良ちゃんのおかず、交換してくれって

言うんだ」

「きっと、良の友達ってのは、みんないい奴なんだ。お前が持って来る弁当のおかずのまずさ加減に同情して、食ってくれてるに違いない」

「……」

「ま、倅のためだ。早く起きるのは、善しとしてだ。でもな、俺に言わせりゃ、無駄な努力だと思う。大体、弁当ってものは、所詮、弁当だ。落ちついて、うまいの、まずいの、こらあ、どこそこで産れた魚か、大根かなんて言い合って食べるもんじゃない。

昼めし食わなきゃ腹が空《へ》って、午後から働けなくなるから、食うんだが、確りしたものを腹に入れようとすりゃ、時間は無くなっちまう、いい気持になっちまうで、その日一日をふいにしちまう。ふいにはさせず、午後から、ちゃんと働けるように食うのが、弁当ってものの役目だ。判ったか」とおやじは言ったが、僕には、ただただ、論理の崩れた長いお説教を聞かされた思いになっただけだった。

翌日の朝、台所の土間に立ったおふくろが、卵焼きを作っていたら、

「お前、何してんだ」とおやじが、歯みがき粉の付いた歯ぶらしを啣《くわ》えたまま、お

ふくろの肩越しに言う。

「ご覧になれば判るでしょ。卵焼き」

「卵焼きぐらいは、判ってる」

「判ってるなら、いいじゃありませんか。お聞きにならなくても」と口を尖らした。

「突っかかるな。朝っぱらから。卵焼きは判ってるが、誰が食うんだ、と聞いてるんだ」

「良の、お弁当ですよ」

「ばかやろ。出しで溶いた卵焼きなんて、小学生の子供にゃ贅沢だ。贅沢が身について、卵焼きは、鰹節と椎茸の出しで卵を溶いて焼かなきゃ、食わねえ、なんてことになってみろよ。親の責任が果せないことになる。

　そのくらいのこたあ、判りそうなもんだ」

「あら、お出しったって、夕べのお澄しの残りですよ。捨てるのは、勿体無いから、卵焼きに使っただけです」

「じゃ、そっちの、牛肉と白滝の煮たのは、どういうことだ。十になるか、ならない子供が食う代《しろ》ものじゃねえぞ。俺だって、牛肉を食ったのは、上野の美術学校を出て、新聞社に勤め始めたとき、社長の徳富先生が、ご馳走してくれたのが、最初だ」

「そらあ、あなたのお父さんが、大酒飲みで甲斐性がなかったから、牛肉が買えなかったんでしょ。あたしの父は、書家で、魯山人なんてお弟子さんもいたくらいですから、毎日、毎日、朝、昼、晩、牛肉攻めでしたわ。

第一、この牛と白滝の煮たのは、夕べのすき焼きの残りよ。こんな固い肉なんか食えるかって、あなたが、お皿に抓《つま》み出したのを集めて、お汁が出るといけないから、煮しめただけよ。良のお弁当ですから、残りものでもおいしく食べさせて上げたいじゃありませんの」

「それが、間違いだって言うんだ。

弁当なんかに、上等なおかずを作ってだな、うんと時間をかけて鱈腹、食わせてみろ。

ろくな者は出来ねえ。ただでさえ、良の奴は脳が悪いんだ。弁当を、のうのうと食わしてみろ、贅沢な、怠けもんが出来て、十八、九になったら、もう、使いものにならねえ奴に仕上ってる。やれることと言ったら、面も何んにも見境いなく、女の尻を追いかけ回すだけだ。目の色、変えて、八十の婆さんにも、のしかかるぜ」

「あなた」。おふくろが絹布を裂くような声を出した。

「あなた。馬鹿なこと言ってないで、どいて下さいな」

「ちっとも馬鹿なことは言ってない。

絵描きにしても、何んにしても、ものを作ろうって人間が、一番上等なんだが、その人間が、昼めしなぞに、目いっぱい、うまいものを食ってたら、腹がいっぱいになっちまって、天才だって鈍才になり下る。いつも飢餓の状態でなければ、頭の回転が鈍ってしまうもんなんだ。お前も、良を将来、ものが作れる上等な人間にさせたいなら、出し入りの卵焼きだの、たとえ、残りものにせよ、牛肉なんてものは弁当のおかずにするな。

香り高き文化ってものはな、昼間、腹をすかしている奴が、考え出せるんだ」

「香り高き文化と良のお弁当と、どういう関係があるんですの。

あなた。朝、昼、晩のご飯に、海苔を、よくお食べになるけれど、海苔は大森沖で穫れた奴じゃなきゃ海苔じゃないって、お高い海苔を、いっぺんに何枚も、むしゃむしゃ食べてますけど、ああいうことは、香り高き文化と」

「待てよ。海苔にはヨードって、脳を良くする栄養が入ってる。高価な海苔ほど、沢山含んでるから、俺は、それほど海苔に執着があるわけではないが、絵描きとして、無理矢理に食ってるってこった」

「お魚は羽田沖で獲れたんじゃなければ……」

「うるせえ」とおやじはどなった。どなった拍子に口に詰っていた歯みがき粉と歯ぶらしを、ぱっと吐き出した。歯ぶらしは、白いどろっとした液体をつけたまま、空《くう》を飛んで、半分捲きかけた卵焼きの上に落ちた。

「汚ないわね」とおふくろが金切り声を上げた。

おやじは、おふくろの袖を捲いて、卵焼きの上の歯ぶらしを拾った。

「歯みがき粉が、よだれと一緒になって卵焼きに入ったが、良が見てたわけじゃないからいいだろ。そのまま、捲いちまえ」

「良の卵焼きは、とっくに出来て、もう、お弁当箱に詰めてあります。これは、あなたとあたしとお手伝いのふきちゃんの分ですけど、これ、みんな、あなたに差し上げますから、お食べになって下さい。ご自分のよだれ入りですから、構いませんでしょ」

おやじは、何も言わず、洗面所に行ってしまった、とおふくろが話してくれた。その日は、おふくろが作ってくれた弁当を持って学校に行ったが、翌日から、おやじは宣言した通りに、僕の弁当作りをした。

贅沢な弁当は、脳に悪いと言うことで、ひどく原始的な、「日の丸弁当」なる弁当を作ってくれた。アルミニュームの弁当箱の底に、ご飯を二センチの高さに詰め、その上に、安い削り節を乗せて醬油をかけ、撒いた削り節の上に、さらにご飯を三センチほどに盛り、又削り節少々。そして、ご飯の真ん中に、梅干し一個を親指の腹で押しこんで、出来上り。

「な。こういう、簡単な弁当で、いいんだ。子供なんてものには」と言って、おふくろに弁当箱の中身を見せて蓋をした。

日の丸弁当は、小学校を卒業するまでの二年間と中学に入ってからの二年間、些《いささ》かの変化もなく続けられた。

子供の内は質素に育てれば、独り立ちするようになってから、楽になるという有難い親心とは思っていたが、こう同じ弁当ばかり食べさせられちゃ堪《たま》んないよ、とおふくろに愚痴をこぼしたら、お父さんが、そうしろと言うんだからと言って、取り合ってくれなかった。

お蔭で、栄養不足になって、五十人ばかりいるクラスの身長ランキングは、びりから三番目。脳味噌の発達も遅れを取ってしまった。

中学校（旧制）の三年生になって、これ以上、日の丸弁当が続いたら、小さな身体は、益々縮んで、近い将来、無くなってしまうと心配した。

意を決し、おふくろの財布から、五十銭銀貨を盗み出しては、学校の食堂で、うまそうな匂いを立てているカレーライス、ハヤシライスを買って食べ始めたら、三年生の秋から、四年生の秋までの間に、二十センチも背が伸びて、クラスの身長ランキング三位に飛躍。

「良、お前、俺より高くなったな。

俺が考えた日の丸弁当が、功を奏したってわけか」とおやじが大きく笑ったら、おふくろが、

「一週間に、一枚ずつ五十銭玉が無くなったせいでしょう」と言った。

おやじは、笑いを収めて怪訝《けげん》な顔をし、僕は俯《うつむ》いた。

長じて、洋画だの、江戸っ子だのって言ってるくせにおやじは、みみっちいよと

おふくろに話したら「そうね。そういうところがあるわね。でも、お父さんばかりじゃないわよ。世の中って、みんな、そうなんじゃない」と言う。

おふくろが、おやじや伜以外にも、目を向けていることもあったんだ、と驚いた。

更に長じて、大学を卒業した翌年の二月。北中国に駐留する日本陸軍部隊に入れられて、おふくろの世の中の見方は、卓見であると思い知った。

「お前達、初年兵は、陛下の御楯《みたて》となるべく、忠節を尽し、礼儀を正しく、武勇を尚《とうと》び、信義を重んじ、質素を旨としなければならん。又、上官の命令は天皇陛下の御命令と心掛け、一意専心、戦いに耐える兵となれ。国に帰えるときは、戦死した骨になったときのみである」と教官や班長から訓示を賜《たまわ》った。

やりたくもない戦争に、いやいや引っ張り出されて、少しも馴染《なじ》めないことを要求されているのだから、せめて「めし」ぐらいは、おいしいおかずで充分に食べさせてくれるのかと思ったら、高粱《コーリャン》、豆粕《まめかす》入りの白米、乾燥野菜の煮つけ、極く、たまに、小さな豚カツ一個が出る、量の少ない食事には悲嘆にくれた。

豚も煽《おだ》てりゃ、木に登る。

兵隊には、栄養満点の食べ物を豊富に与え、これだけ、いい思いをさせているのだから、確り戦ってくれよとでも言われれば、誰もがその気になったに違いない。戦う兵には、それに価するものを食べさせておけば、どんな高い木でも、快く登ったんじゃないかと思う。

日本が敗けたのは、軍部首脳のみみっちい食事への考え方にある、と思っている。

終戦の日、南の小島で、おやじが作った日の丸弁当が思い出された記憶がある。

かつぶし弁当

阿川佐和子

あがわ・さわこ
1953年東京都生まれ。作家、エッセイスト。TBS「情報デスクToday」「筑紫哲也NEWS23」「報道特集」でキャスターを務める。以後、執筆を中心にインタビュー、テレビ、ラジオ等幅広く活動。おもな著作に『ウメ子』、『ブータン、世界でいちばん幸せな女の子』、『聞く力』など。

阪田寛夫《さかたひろお》メモリアルコンサートの司会を務めた。先年、亡くなった阪田さんは芥川賞作家であり、同時に「サッちゃん」や「おなかのへるうた」など、子供の歌をたくさん書き残された作詞家でもある。

私は氏の書かれた「サッちゃん」のモデルではないかと長らく信じていた。根拠がないわけではない。その歌が作られた昭和三十年代半ば、阪田家と我が家は同じ公団住宅に住むご近所さんだった。阪田家には私とほぼ同年代のお嬢さんが二人がいらして、私はちょくちょく遊びに行っていた。だからきっと阪田のおじちゃんは、幼い私の姿をごらんになってイメージが膨らんだのだろう。「サチコっていうんだほんとはね」という歌詞になっているけれど、それは阪田さん独特の照れの表れであり、露骨に「サワコ」を使ってはいけないと配慮してくださったからに相違ない。秘かに信じていた「サッちゃん」疑惑を晴らすべく数年前、雑誌の対談でお目にかかった際、阪田さんに直接、伺った。すると阪田さん、

「いえ、あれは僕の通っていた幼稚園の一年上にサッちゃんという女の子がいてね。風のように速く走るし、ちょっと寂しいようなところがあったから、その子の名前を借りたんです」

モデル妄想は、あっけなく消え去った。しかし一つだけ、私が阪田さんの歌に貢献した思い出がある。

たしか小学校二年か三年の頃のことである。いつものように阪田家で遊んでいた私のそばに、阪田さんが近寄っていらして、

「サワコちゃん、お宅の『かつぶし弁当』の作り方を教えてくれる?」

それは母が得意とする弁当で、父の大好物でもあった。母が子供たちのために作っていると父が目ざとく見つけ、台所をうろうろしながらひがんでみせるのである。

「あー、俺も一生に一度、かつぶし弁当を食いたいものだ」

すでに何度も母に作らせているくせに、そう言って母に催促する。ときどき父は海外旅行に出発する日の朝にもその弁当を、荷造りにあたふたしている最中の母にねだり、「これを機内で食べるのが何よりの楽しみだ」とニマニマしていた。外国に行ったらどうせおいしいものを食べるだろうに、どうしてそういうわがままを言うのかと子供心に首を傾げていたけれど、大人になると父の気持はよくわかる。

「えーとね」と、私は得意になって阪田おじちゃんにかつぶし弁当の作り方を説明し始めた。

「まず、かつおぶしを削って（当時、パック入りの鰹節なんてものはなかった）、お醤油に浸しておきます。お弁当箱にご飯を薄めに敷いて、その上に醤油にまぶしたかつおぶしをうすーく載せて、その上に海苔をぺたぺたっとかぶせます。で、またご飯を薄く敷いて、かつおぶしを載せて、海苔をかぶせるの。これを三段ぐらいにするの」

「なるほどなるほど」

阪田おじちゃんは私の話を熱心に聞きながらノートにメモをしていらした。いつかこの話が歌になり、もしかしてNHKの「みんなのうた」で歌われるようになるかもしれない。ドキドキしたのを覚えている。

こうして出来上がった「おべんとう」という輪唱曲は、あまりヒットはしなかったけれど「遠足」というタイトルの合唱組曲のなかの一つとして、その後、多くの学校で歌われることとなった。

先日のメモリアルコンサートにて、司会者を含めた出演者全員でこの歌を合唱した。

「ごはんの上にかつおぶし　かつおの上にまたごはん……」

きちんと歌ったのは初めてである。なかなかいい歌ではないか。かつぶしとご飯を繰り返し載せるお弁当とリズミカルな輪唱がよく似合っている。阪田さんの、かつぶし弁当に寄せる愛を感じてうれしくなった。

思えば長らくかつぶし弁当を食べていない。食べないでいるうちに、鰹節を削る習慣も放棄していた。かつぶしが欲しいと思うとつい、パック入りの鰹節ですませてしまう。

昔、鰹節を削るのはもっぱら子供の仕事だった。

「かつぶし、削って」

「はあーい」

母から命じられると私はいつも、削り箱を棚から下ろし、床に座り込む。抽斗《ひきだし》をあけ、中から鰹節を取り出すとまず、どこの面を削るといちばんかたちの良い鰹節が削れるかを見極める。ここぞと思った面を見つけたら、削り箱を股の間に挟んで固定させ、左手で箱の上部を押さえ、右手で鰹節を引く。力を入れすぎず抜きすぎず、三回ほど繰り返したら、試しに抽斗をあけて出来を見る。

「そんな粉々じゃダメ」

母の駄目出しに、再び削り始める。しだいにいい音に変わっていく。しっかり削れている気配がする。抽斗をあける。

「ああ、そういうのがいいわね。もう少したくさん」

褒められるとうれしくなる。いくらでも削りたくなる。なんだか大工さんになった気分。

「もうじゅうぶん。おしまい」

それでももっと削りたくて、もっと褒められたくて、この上手な感覚を次回までしっかり覚えておこうと思ったものである。

たしか削り箱はどこかにしまってあるはずだ。阪田さんの歌を歌いながら、明日はかつぶし弁当を作ることにしよう。

おにぎりころりん

杉浦日向子

すぎうら・ひなこ
1958年東京都生まれ。江戸風俗研究家、エッセイスト、漫画家。『ガロ』にて「通言・室之梅」で漫画家デビュー。『江戸へようこそ』などで江戸ブームの火付け役となった。おもな著作に『一日江戸人』、『ごくらくちんみ』、『杉浦日向子の食・道・楽』、漫画作品に『合葬』、『百日紅』など。2005年没。

雑木林からチェインソーの音が止むと、梢を渡る鳥の声が降ってきた。下手《しもて》の校庭からは、サッカーに興じる子供たちの歓声が、間をおいて湧き起こる。

男は積まれた丸太に腰を下ろし、首に掛けたタオルで手をごしごし拭いて、工具袋から弁当包みを取り出した。中には、大ぶりの白いにぎりめしが三つ。隅に、たくあんと古漬け茄子。にぎりめしのひとつをつかみ、ちょっと傾けて眺めてから、がぶり、もぐもぐ。足を放り出して、天を仰いだ喉が、ごくん。

具は嘗味噌《なめみそ》。もの喰う男の後ろ姿は、耳とエラのあたりの、骨と筋肉がひくひくもっこりもっこり大きく動くのがよく見える。

女もそうなのだろうが、刈り込んだ毛に、そこの部分は、むきだしで日光にさらされ、がっちりした骨格だから、なお目立つ。

ホルスタインの幼牛が、授乳器の乳首に吸い付く動きとそっくりで、見るたび、「憐憫《れんびん》」ということばが浮かぶ。

ふたつめは、梅干し。種をふいっと吹き飛ばし、たくあんぼりぼり。みっつめは、焼いた荒巻き鮭の、塩っ辛い腹身が、焦げた皮ごとごろり。

水筒から、湯気のあがる焙《ほう》じ茶を、ゆっくり注ぎ、ひとくち。ほうっ。白い息の牡丹が咲いた。どの木々の若葉も、日一日と空へ広がり、地面にだんだら模様の陽だまりを描く。


おにぎり、おむすび。どっちでもいいようなものだが、にぎりは「握り」で、拳《こぶし》の形で丸っこく、むすびは「結び」で、結び目の三つ角があるともいう。うっかり落とせば、丸のほうが転がりそうだが、急勾配なら、三角でも問題ないから「おむすびころりん」でいいのだろう。

コンビニのおむすび。イチニノサンでセロハンを左右に引けば、ぱりぱり海苔がご飯に巻き付く。具沢山、種類も豊富。エビマヨ、カルビ、天ぷら、とんかつ、カレー、オムライス、なんでもある。絶妙な手握り風を追求した最新マシンで日夜量産される。

デパ地下のおむすび。ひとくちサイズで、色々たのしめる。

カフェめしのおむすび。ワンプレートに、サラダやフルーツの副菜つき。飲み物は、抹茶シェイクかローズヒップティー。

おむすび持って、どこへいこう。屋上、噴水の近く、木陰のベンチ、団地の芝生、神社の階段、花壇に囲まれた時計塔の下。

書類に埋もれた残業のデスクの上だけは、御免こうむりたい。

白い御飯

金井美恵子

かない・みえこ
1947年群馬県生まれ。小説家、随筆家。『愛の生活』でデビュー。長いセンテンスを用いた独特な文体で現代文学界をリード。おもな著作に『プラトン的恋愛』、『タマや』、『目白雑録』など。また、映画にも造詣が深く鋭い評論に定評がある。

ケイタイ代やら何やら、何しろ初めての一人暮らしは、いちいちに金がかかるから、おれ、近頃じゃ自炊してるよと、私のすぐ後ろをのんびり歩いている二人連れの、大学の新入生らしき男の子の一人が、もう一人の男の子に言っていました。かん高い声の、自炊をはじめたばかりの少年が、米は実家から送ってくるし、と言うと、相手の、大人しい喋り方をする眼鏡をかけた小柄な少年が、実家ねえ、なんかヘンな言い方、ぼくは、おふくろが米を送って来るから、と言うけどね、と、「実家」という家父長的言葉に違和感を示すのですが、そういう、細かな言葉づかいに現われる自立の気持には、とんと頓着しない性質《たち》らしく、それは無視して、一度に炊飯器の容量一杯の御飯を炊いて、ありあわせの具を入れたおにぎりを作って冷凍しておくと、凄く安あがりで、コンビニのおにぎりなど買う気がしなくなる、と言い、相手が、それはそうだよね、と答えると、それがさあ、作ってたら、中に入れる具が無くなっちゃって、しょうがないから塩だけのおにぎりを作ったんだけど、こないだ、夜中に腹が減って、何もなくて、あれがあったかって思い出して、食べた、外側には塩味がついてるから食べられるけど、内側にいくにしたがって何の味もないから、あれはミジメだよなあ、と、言うのでした。少年たちの歩き方が、あんまりゆっくりしているので、私も歩く速度を落して会話に耳をそばだてていたわけですが、すると、うんうん、と頷いていた小柄な方の少年が、おにぎりを小さ目に握ればいいんだよ、そうすれば御飯と塩味のバランスがとれるわけで、と答えた時には、鋭さに感心しつつ、思わず笑ってしまいましたが、少年たちは交差点を左に曲り、私は直進するので、その後の会話は聞けませんでした。

十年か、それ以上前だったでしょうか、久々の米の不作の年があって、お、米、が、足、り、な、く、な、る、とでもいったかの調子の情報が、かつての石油危機《オイル・ショック》の時のトイレット・ペーパーのようにメディアから流され、闇市焼跡派野坂昭如などは、戦後のあの頃と違って、米がなくったって、他に食べる物はいくらでもあるじゃないか、と、腹立し気に、転倒したマリー・アントワネットのような発言をしていたし、お米を買う長い行列が安売りで有名なスーパーだか電器屋を取り巻き、整理券が配られて、本日分は売り切れました、と大汗をかきながら叫んでいる店員に、年の頃、七十五歳は過ぎているかと思われるジイさんが、凄い剣幕で詰め寄り、「飢え死にさせるつもりか」と怒鳴っている映像をテレビのニュース番組で眼にしました。ジイさんは本気でそう思っていた、というわけではなく、多分、記憶と感覚が、一瞬のうちに、戦後の米よこせデモの当時にタイム・スリップしてしまった、ということなのでしょうけれども、米の買い溜めはもとより、米泥棒まで出現したくらいですから、飽食の時代などと言われながら、同時に、常にテレビが情報として流しつづける、「他の国の貧困と飢餓」が、誰の頭の中にも、飽食している立場の罪悪感としてではなく、いつかこの国にも、また、といった潜在的不安として、こびりついているということなのかもしれません。

ところで、私たちの世代は、中学を卒業して集団就職で東京に出て、何より嬉しかったのは、白い米の飯が腹一杯食べられたことだ、という者たちがいた一方で、お米を食べると太るばかりか馬鹿になるし早死にする、とも喧伝された経済政策の都合の良いダブルバインドの含まれた食糧事情下で、学校給食のパンと脱脂粉乳で育った世代ですから、「**が、三度のメシより好き」（**のところに、文学とか、ジャズとか、セックスとかが、人によってそれぞれ入ります）という言い方や、「メシを抜いてでも」とか、「これがあれば御飯が何杯でも食べられる」といった類いの、お米の御飯にまつわるクリシェを知りつつも、一種、違和感を感じないわけにはまいりませんね。なにしろ、青年向き肉体派健康雑誌『ターザン』（知りあいの編集者がいて、送ってくれるのです）の創刊以来の主張は、和食より洋食は太る、というもので、それがショーコには、米は油脂分のないおかずでも食べられるが、パンは油脂分をプラスしないと食べられない、というのがその根拠なのですけれども、私たちは子供の頃、学校で『キューリー夫人伝』などを読まされて、他の人はどうか知りませんが、一番印象に残ったのは、学生時代のマリーが「パンと水だけの生活をしていました」という部分だったので、それはそれで、貧しい生活を表現するクリシェであり、実際のことなのです。もちろん、ダイエット情報産業は飽食あってのもの種ですから、なんとでも言いますけれど。

塩だけでも、御飯は食べられる、という発想から、戦前、日の丸弁当（弁当箱の御飯に梅干しを入れて、日の丸に見立てた貧しさと愛国心が一致した命名）というのがあったそうですが、それで思い出すのが、昭和二十年代中頃、姉の経験した幼稚園での弁当事件です、と、書くと、時代が時代ですから、お弁当を持って来られない園児がいて、誰かのお弁当を盗んで食べたのか、と思う人もいるかもしれませんが、そういう悲惨で哀れな問題ではなく、ある冬の日、姉は、今日のお弁当はカレー・ライスだと母親に言われて、浮き浮きと園に行き、内側がゴム張りの赤と白のチェック地のお弁当袋から包みを取り出して、先生にお弁当保温棚（木製の棚の下に炭火の入った長方形の火鉢が置いてある、というだけの物なのですが）に載せてもらい、やがてお昼になって、お弁当の包みを渡され、木の枝にとまっている赤いオウムの柄が蓋にプリントされた小判型のアルマイトのお弁当を開いたところ、ただの白い御飯が入っているだけなので、ショックを受け、お弁当がない、これは絶対に自分のお弁当ではない、自分のはカレー・ライスなのだから、と主張して先生たちを、ひどくあわてさせたのでした。気の利いた先生が、はっ、と何事かに気づいて、包みに入っていたスプーンで御飯をちょいとほじってみたところ、カレーは、御飯の下からあらわれ、ようするにカレーが蓋にくっついたり、こぼれたりしないように、御飯でサンドイッチ状にはさんで詰めてあったのです。

　はさんであることを説明しなかったのは、自分の責任だ、御免御免、と母は姉に謝ったそうですが、その後、私も幼稚園に入り、はじめて、カレー弁当を持たされた時には、母は、「カレーは御飯の間」とくどく念を押したものでしたが、姉のお下りのオウム柄弁当の蓋を開くと、何も載っていない（福神漬もラッキョウもシヨーガも、姉も私も嫌いだったので）白い御飯だけが入っているので、私の両側の園児もテーブルの向い側に座っている園児たちも、ギョッとした顔をし、うへっー、と驚きあきれて、その貧しいお弁当について、イジメにかかろうと張り切りましたが、結果はもちろん、うらやましさのあまりヨダレを流しただけでした。麦の入った御飯をお弁当に持って来る子がいて、それは家がビンボーだからだ、と恥じ入らせるようなガキ共がいるキリスト教の幼稚園で、朝鮮戦争後の好景気だった頃とはいえ、貧困はそこいらにあふれるようにゴロゴロしていて、進駐軍のジープが通ったら、ギブ・ミー・チョコレートと言うと、チョコレートがもらえる、と、少し大きい子供たちが自慢するのを、英語を覚えて賢い子だ、と自慢する親がいて、私たちの父親は腹を立てるのでした。

ウサギ林《りん》檎《ご》のこと

原田宗典

はらだ・むねのり
1959年岡山県出身。小説家、随筆家。コピーライターとして活動するかたわら『おまえと暮らせない』で小説家デビュー。以後フリーとなり本格的な執筆活動に。おもな著作に『優しくって少しばかな』、『私、という名の人生』など。『スバラ式世界』などの軽妙な語り口の随筆も。

林檎といえば寒い季節の果物だが、これを切って、ウサギの耳がついたような形に細工すると、何となく春の果物であるかのような気がしてくる。別名ウサギ林檎。おそらく誰でも子供の頃に一度や二度、口にしたことがあるはずだ。

このウサギ林檎が何故、春っぽいイメージを纏《まと》っているのか。ぼんやりと考えてみると、子供時代の遠足あたりに原因があるように思われてくる。そういえば小学校の春の遠足の時、ぼくのお弁当の中には必ずウサギ林檎が入っていた。おそらくその思い出が、強烈に残っているのだろう。

遠足といえば、小学校生活の中でも最大のイベントである。野球にたとえるなら、入学式が一番バッターで、社会見学が二番バッター。三番にはやはり運動会を持ってきて、四番バッターは遠足。カキーンと大きいヤツをかっとばしてくれよお、頼むぜ頼むぜ、家庭訪問とか授業参観なんてのは二軍落ちだもんね、というような意気込みである。いきおい遠足に懸けるぼくら少年たちの期待は、相当なものがあった。遠足当日の一週間くらい前からドキドキワクワクして、オヤツのお菓子は何を買おうか、バスの中ではどんな冗談を言おうか、向こうに着いたら何して遊ぼうかと、あれこれ頭を悩ましたものである。

「雨が降ったらどうしよう雨が降ったらどうしようどうしようどうしようどうしよう」

という不安に一カ月も前から悩まされ、肝心の遠足当日に知恵熱を出して寝込んだりする馬鹿な奴もいた。

このように少年たちが大きな期待を懸けていた遠足の中でも、最大の関心事といえば、やはりお弁当だったのである。まあオヤツに関しては、前日友人同士で、

「二百円以内だかんな。いいな。違反するんじゃねえぞ。バナナは別だぞ」

てなことを言い合いながらスーパーへ買いに行ったりしているわけだから、お互いに手の内は分かっている。

「えびせんはヨシモト君が持ってるから、あれを奪ってやれ。チョコボールはハヤシ君からめぐんでもらっちゃうもんね」

てな計画を各々《おのおの》立てて遠足に臨むわけである。しかしお弁当はそうはいかない。誰が何を持ってくるのか、当日になってみないと分からないのである。従って、現地に到着していよいよ昼食という段取りになると、少年たちの周囲には和気アイアイとした雰囲気の中にも、どこかしら殺気立った気配が漂ったものである。仲良し同士がかたまってお弁当を開くと、たちまち争奪戦が繰り広げられるわけである。未《いま》だにそうなのだが、不思議なもので自分がオニギリを食べていると、友人の食べているサンドイッチが凄くおいしそうに思える。逆に自分がサンドイッチを食べていると、友人のチラシ寿司が凄くおいしそうに思える。だから五、六人でかたまって食べている場合に、その中の一人だけがサンドイッチだったりすると、周りじゅうから寄ってたかって奪われて大変悲惨なメにあう。

かく言うぼくの弁当に必ず入っていたウサギ林檎も、友人たちの間ではかなり人気の高かった食物のひとつである。特に小学校の低学年の内は、結構珍しがられて「くれくれ」とせがまれたものである。そういう時、ぼくは鼻ターカダカーといった気分で、

「じゃあイシダ君は親友だから、ウサギの耳の部分をあげよう」

てなことを偉そうに言いながら、分けてあげたりしていた。

ところが、小学校も高学年になった頃の遠足ともなると、ずいぶん状況が変わってきた。お弁当にウサギ林檎が入っていると、

「なんだそれー。女みてえだ！」

と馬鹿にされ始めたのである。少年たちの間に逞しさへの願望と、その裏返しとして可愛らしさへの憎悪というものが芽生える時期になったのである。少年たちは口を揃えて、

「男は黙ってミートボール、だッ！」

「オニギリは二口以内で食えッ！」

なあんてことを言い出した。こうなるとぼくとしてもウサギ林檎入りのお弁当を

持っていくわけにはいかなくなった。それまでは喜んで食べていたのに、掌《てのひら》を返したように、

「林檎をウサギの形に切るなよなあ」

てなことを母親に向かって主張し始めた。しかしぼくの母親はそういうことに鈍感な人だったために、その場では「はいはい」とうなずいていたものの、いざ遠足へ行って弁当箱を開けてみると、やっぱりウサギ林檎が隅の方にちょこんと入っているのである。

「うぬぬぬ、あのバカ親めッ！」

と、ぼくは怒りに震えながら、友人から離れた場所で、隠れてウサギ林檎をしゃりしゃり食べたりしたものだ。

それにしても、たかが林檎をウサギの形に切ったことくらいで恨まれたりしちゃうんだから、つくづく母親というのは気の毒な存在であるなあ。

笑う弁当

林真理子

はやし・まりこ
1954年山梨県生まれ。小説家、随筆家。処女作『ルンルンを買っておうちに帰ろう』がベストセラーに。おもな著作に『最終便に間に合えば』、『ミカドの淑女《おんな》』、『白蓮れんれん』など。美・食・知などをテーマにしたエッセイは多くの女性から支持されている。

高校生になったとたん、今までより三十分も早く起きなければならなくなった。自転車で隣り町の学校まで行くのだ。家から歩いて十分ぐらいのところに、県立の女子校がある。そこは母や従姉《いとこ》たちの母校だったけれど、私は隣り町の学校を選んだ。そちらの方がレベルが高いとされているし、昔旧制中学だったそこは、男子の方がずっと多いのだ。

幼い頃は「三ッ葉グループ」まで結成して、何をするのも一緒だった幼なじみのうち、キヨミちゃんは女子高に進むことになった。だから私とサナエちゃんだけが自転車を並べて走らせている。

けれども、サナエちゃんとこうしているのも今のうちだけだという予感が私にはあった。進学校のそこの高校では、毎年新入生の中から、成績のいい子だけを選んで「特別クラス」をつくるのだが、サナエちゃんはその中に入っている。

中学生になった頃から、急に綺麗に頭がよくなった彼女を、私は次第に遠いもののように感じ始めているのだ。

入学して三日目、今日からは午後の授業があると聞かされていた。だから私は、昨日の夜、近くまで従姉と弁当箱を買いに行ってきたのだ。

高校に入ると何もかも新しくなる。新しい制服、新しいカバン、新しい自転車。弁当箱でさえ買うのに胸がときめいてくる。それなのに従姉が選んだのは、なんの変哲もないアルマイトの四角いものだ。

「こういうのが、いちばん使いやすくていいんだよ」

と彼女は言う。私はイラスト入りのものや花模様のものが欲しかったのだが、従姉によると、そういうものはすぐに飽きるのだそうだ。

「マリコはすごく食べるんだから、こういう大きさのでいいんだよ」

とくれば返す言葉がない。

その日の朝から母は張りきっていた。今まではずっと給食で、弁当をつくるのは幼稚園以来だという。そういえば、楕円形の、斜めに溝が入った弁当箱の形、その溝に入れられたピンクの箸をはっきりと私は思い出すことができる。こと食べ物のことになると、私の記憶は非常にいいのだ。

さて、高校第一日めの私のお弁当は、父親の大きな白いハンカチで包まれていた。中を開ける。そのとたん、私はもう少しで笑い出すところだった。シソの葉と梅干しで、ご飯の上に人の顔が描かれているのだ。それはちょっと泣きベソをかいているような気がした。おかずは卵焼きとウインナソーセージ、そしてつくだになどが、彩りよく盛られていた。まだ名前もよく知らないクラスメイトに混じって、ものを食べるというのはひどく恥ずかしい。特に弁当ならなおさらだ。各自が一人一個ずつ持ってくる「家庭」に違いないからだ。

少しみなにも慣れた頃、私は他のクラスメイトたちの弁当にも目をやる余裕が出てきた。特に「早弁」をする運動部の男の子たちのものは、こちらが食べていない分だけ、ゆっくりと眺められた。

その中で一人、登山部の男の子の弁当は、いかにもうまそうだった。たぶん農家の子どもなのだろう、まだ時期には早いナスを焼いてソースをかけて、ご飯の上に敷いてある。天ぷらを煮たようなものもしっかりと色が濃い。甘辛い味まで想像できそうで、私は思わず唾をのみ込んだ。

「あのさ……」

私はある時、思いきって彼に声をかけた。もちろん弁当のことだけが目的ではない。大きな口を開いて食べるさま、箸の動きと共に、少し揺れるがっちりした肩、私はこの男の子と仲よくなれるチャンスを探していたに違いなかった。わざと蓮《はす》っ葉《ぱ》に言う。

「あなたのお弁当いつもおいしそうだね」

しかし私が期待していたような反応はなかった。彼はジロリと横目で私を見て、何ごともなかったようにナスにかぶりついていった。

「明日からさ、私のお弁当、ご飯の上におかずのっけてくれない。私、おかずの味がしみ込んだの好きなの」

さっそくその夜母に言った。こうすると、彼に近づいた目的が、単純に弁当に感心しただけのようになって少し救われる。思春期の自意識過剰さというのは、自分の心の中でもツジツマを合わせようとするのだ。

「そう。私はご飯とおかずが混じったのは昔から嫌いだから。だいいち品が悪いじゃない」

母は不満そうだ。そういえば、女の子は丼ものをあまり食べない方がいいとよく言われていた。大正生まれの母は、こういうところがひどく古風なのだ。

それからすぐ、私は自分で弁当をつくるようになった。そうはいっても、朝起きればご飯は炊き上がっているのだから、お菜をつくるだけだ。たいてい冷蔵庫の中にあるものを、フライパンひとつですむように考える。となれば、毎日卵焼きとウインナソーセージとなった。緑が欲しい時は、ピーマンを焼いたりする。ひき肉がある時は、三色ご飯もつくる。しかし、これはそぼろ卵が綺麗にいかず、ただの薄汚い、いり卵になってしまった。フライパンをちゃんと洗わなかったせいだろう。

今でも私は、見てくれる人がいなかったり、テレビから遠ざかったりすると、全く身のまわりに構わなくなる。弁当もそれと同じで、まわりに男の子がいなくなると、後は詰めりゃいい、食べられりゃいい、という心境になってくるのだ。最初のうちは、弁当をつつむナプキンや、箸まで気をつかっていたのが、やがて昼休み、クラブの部屋で食べることを憶えると、弁当づくりはがぜんぞんざいになった。一緒に食べるのが、気のおけない女の子ばかりなのだ。冬になると、その子たちも私も、よくマグロのカス漬けを焼いてきた。あれは海のない山梨県ではとても好まれるもので、安いし、四角い形が弁当のおかずにとてもよい。

三年生になり、クラブ活動をしなくなった私は、やがて昼休みの教室に復帰するのであるが、そこで弁当の流行が変わったことに気づくのだ。

もうアルマイトの弁当箱を使うのは男子だけだった。ほとんどの女の子が、その頃出まわり始めた密封容器を使っていた。小さい容器をもう一個持ってきて、それにレタスやトマトのサラダを入れておくというのもみながしていた。そのために、小さなマヨネーズのチューブさえ持参するほどだ。

変わったことは、弁当だけではない。今までは「味の素」の景品でもらう、野菜の模様のナプキンが、包む布の主流を占めていたのに、よく見るとチェックや花模様の布がとても多いのだ。中には自分の名前をちまちまと刺繍したりしている女の子もいる。

女子校ではこうした現象は珍しくもないだろうが、男ばかりの学校に来る女の子は、こちらの方もがさつで、そう色っぽいことをするような子は少ない。箸ではなく、フォークでぎこちなく食べているさまにも、私は驚いたものだ。

それはどうやらS子のせいらしい。S子というのは、学校一の美女とうたわれる女の子で、長い髪のなよなよとした様子は、それだけで人目をひいた。その彼女が密封容器とフォークを使い、まずそうに食べる流行をクラスにつくったのだ。口惜しいことに、私もさっそく次の日から、弁当箱を密封容器に替えた。

しかし、それは今まで台所で使っていたものなので、少し大きすぎるうえに、ところどころアクのようなものがしみついている。ちょっと前なら、さっそく新しいものを買いに行くのだろうが、そこまでするには、私には意欲が薄れていた。

どうせ気取ったことしたって、S子みたいにモテるわけじゃないし、無駄なことしたら、かえってみじめになるだけだわ。

つきつめると、そんな気持ちでいたのだろう。

そんなある日、体育の授業が終わって教室にもどろうとした時だ。一人の女生徒が、倉庫で弁当を食べているのが目に入った。三年生になったら、体育の授業は一組の女子生徒と一緒になる。一組というのは、文科系の国立クラス、いってみればエリートクラスだ。サナエちゃんはこのクラスに入っている。そして体育館倉庫にいる女の子も、確かサナエちゃんのクラスメイトらしい。目が大きく整っている顔に見憶えがあった。

しかし、その子がしていることは異様といってもいい。マットや飛び箱の横で、ゆうゆうと弁当をひろげている。アルマイトの弁当箱で、それを包んでいるものは新聞紙だ。新聞紙で弁当を包む女の子に、私は初めて出会った。長いこと、あれは男の子だけがするものだと私は思っていたのだ。

「ねえ、どうして教室で食べないの」

私が尋ねると、彼女は弁当のふたをするでもなくこちらの方を眺めた。その中には、やっぱりマグロのカス漬けが入っていた。

「だって、あたし、クラスの人たち大っ嫌いなんだもん」

彼女が言うには、国立をめざす一組は、昼休みもみんな参考書を片手に弁当を口に運ぶ。とてもあんなところでは、食事をした気にならないのだそうだ。

「じゃ、私のクラスに来れば」

二組は担任の教師が体育科なので、そのせいか運動部の男の子ばかりが集まっている。とても受験とはほど遠い雰囲気だ。それから彼女は、毎日私の隣りの席で弁当をつかうようになった。

その頃には、S子がまた新しい流行をつくり、熱い番茶を携帯用ポットに入れてくる女の子が多くなっていた。

しかし、体育館で弁当を食べていたY子は、あいかわらず弁当を新聞紙でくるんで持ってくる。よく見るとY子は、S子に負けないほど愛くるしい顔立ちをしている。しかし、S子が持っている美少女特有の雰囲気が彼女にはない。新聞紙に象徴されるように、すべての動作が男っぽいのだ。かなりきつい甲州弁を使う。

「このあいださあ、ラブレターが来ただよ。あたし、気持ち悪くってさあ、本当にイヤになったさあ」

すっかり仲よくなった私に、彼女はよくこんなことを言ったが、確かに何も喋らずに立っていると、Y子は人目をひくほどの容姿をしていた。

卒業した後、彼女は地元の国立大学へ進み、小学校の先生になった。その頃一度、私は彼女に会いに行ったことがある。パーマっ気も化粧っ気もない彼女は、ジャージーの上下を着ていて、それは彼女の日常着らしかった。

けれども表情はあきらかに違っていた。なんと彼女は恋をしていると打ちあけたのだ。

「あんたもよく知っている人」

「じゃ、高校の時の同級生？」

「そう、あたしたち結婚しようと思って」

その彼は同じクラスの男の子で、大学生になってからの同級会がきっかけだという。

結婚式での彼女は、目を見はるほど美しかった。白いベールにつつまれて、化粧をした透きとおるような肌の白さは、初めて見るものであった。

「いつもこうすればいいのにィ」

同じことを感じたらしい友人たちに口々に言われ、彼女は照れていた。

それよりも驚いたのは、花婿の方だ。高校生の頃は、ただの青白いガリ勉だと思っていたのに、タキシード姿の彼は、ハンサムでたくましい青年だ。しかも一流企業の社員らしい自信と誇りに満ちている。

「私たち何してたのかしらね。あの男の子が、こんなふうになるなんてまるっきり想像もしなかったもんね。やっぱりY子って頭がいいわよね」

口々に言っているところに、一冊のガリ版刷りの本が来た。お祝いの言葉が並べられている小冊子の最初に、二人のプロフィールが載っている。その中で、

「初めて会った時、お互いのことをどう思いましたか」

という質問がある。すると彼はこう答えているのだ。

「なんてカワイイんだろうと思った」

そうかあ……。私はひとり溜息をついた。私が彼女の新聞紙でくるまれたアルマイトの弁当を見つめている時に、十八歳の彼は、別のことを見ていたのに違いない。なんだか嬉しいような、損したような気持ちになった。Y子夫婦は、いま彼の赴任地サウジアラビアに住んでいる。可愛い女の子も生まれてとても幸せそうだ。私が新聞紙の話をすると、彼女は「嘘だァ」と手紙で言い張るので、私はそういうことにしている。

早弁の発作的追憶

椎名誠

しいな・まこと
1944年東京都生まれ。小説家、映画監督、写真家。業界誌の編集長を経て、『本の雑誌』を創刊。編集長を務める一方『さらば国分寺書店のオババ』でデビュー。おもな著作に『アド・バード』、『岳物語』など。仲間たちと旅に繰り出す「あやしい探検隊」シリーズも人気。

えー、調べてみたところ高校生のほとんどが早ベンをしておる、ということであった。

早ベンといっても早便ではなく早弁なのですね。もっともあれは早グソというのか。

早グソというのはクソをする時間帯が習慣的に早い、ということで、早便というのはクソをする速度が早い、ということではあるまいか。だから早朝「うっうっティッシュくれ、ティッシュ！」なんて言ってバーッとトイレへ走っていってたちまちバーッと出てきて「ほっ」などと言っているやつは早グソ早便のヒト、と言うべきではないのか。

が、しかしここで語るべきはあくまでも早弁のことであった。弁当の話をするのにえらい話題をくりひろげてしまった。

このあいだ都立国分寺高校へ行って、発作的ではありますが『現代高校生の早弁問題点と今後における若干の課題』という巨大なテーマを追究してきた。追究といっても数十名の特別派遣検査官を従え、マスコミ報道陣のフラッシュの放列を避けながら、

「このクラスの弁当はまだ午前十時だというのに七六％がカラになっている。残っているのは二四％の主として女生徒の弁当である。そのうち塩ジャケのおかずのものが七％である。これはいったいどういうことであるのか！　エェ、ここのところはどうなっているのかと聞いておるのですよ、エッ！」

というようなものでなくて、雑誌の編集部の人とチョコチョコっと昼めしをのぞ

いてきただけなのでありますね。

で、わかったことは一年生というのはまだ高校生になって間がないので早弁している人は少なくて、二年生になると半数以上。三年生になると八割以上が早弁している、ということであった。

みんななかなかよくやるよ、というかんじだったのだけれど、ぼくが高校生のころ、早弁というのはこれほど大っぴらではなかった。

むしろ早弁というのはすこしばかり犯罪のニオイがした。不良とかやさぐれ運動部とか慢性胃拡張のヒトとか、とにかくそういう特殊事情の人々がやるおこないであった。

そうして正しい生徒たちは、そういう早弁の人々をすこしさげすむような眼で批判的にながめていたのである。思えばつらく苦しい早弁の暗黒時代であった。

そのころ、どういうわけか、この本にいろいろとおかしな絵を描いているイラストレーターの沢野ひとしと同じクラスであった。そしてトーゼンながらぼくと沢野は早弁のヒトであった。

沢野は不良としての立場から、ぼくは明るくはつらつとした運動部員の立場から早弁に精を出した。そしてぼくと沢野の立場はちがったけれど、間もなく早弁友の会をつくった。そうして友の会の研究課題はどんどんエスカレートしていって、そのうちによそのクラスの女の子の弁当にまで手を出してしまったのである。

不良の沢野はその後大きくなって、よその女の子に手を出したりしたが、そのころはまだよその女の子の弁当に手を出すだけでガマンしていたのだ。

とにかく五分間の休み時間に女の子の弁当を二人してわしわしと食ってしまった。しかし全部たべてしまうのはあまりにも「ひどすぎるのではないか」という呵責の念がフトよぎった。どろぼうにも三分の良心というやつである。

そこでゴハンもおかずも半分までにしてやめておいた。しかし、半分食いちらかされた弁当はいかにもあわれであった。

「すまない！」という心が不良の沢野にもあったのだろう。彼は何を思ったのか、とつぜんノートをひっぱりだすと、そこにタマゴ焼きの絵を描いた。それからチクワの絵も描いた。しかしタマゴ焼きの絵はなんだかおせんべみたいに見えた。

すると彼は「たまごやき」と、そのまん中に字を書いたのだ。「ちくわ」にも書いた。そうしてそのイラストを切りぬき、弁当の上においてもとのところに返したのだ。

しかし弁当を食われた女の子が先生に訴えて、特徴のある沢野の字はすぐにバレてしまった。彼はそれでどんな風におこられたか忘れてしまったが、ぼくまで呼び出されなかったので、やつは共犯者の名は告げず、一人でぶん殴られていたのだろう。

そうして彼はいまも相変わらず、その弁当に描いたちくわの絵のようなあやしげなイラストを描いて、生意気にもお金を貰ったりしているのですね。

赤いアルマイトのお弁当箱

池波志乃

いけなみ・しの
1955年東京都生まれ。女優、エッセイスト。俳優小劇場養成所を経て新国劇へ入り、NHK連続テレビ小説「鳩子の海」でデビュー。妖艶な演技で「悪魔の手毬唄」、「鬼平犯科帳」など映画、テレビで活躍。また読書家としても知られ、日舞、墨絵、料理はプロ級の腕前。

特別思い入れがあるというわけではないけれど、なぜか捨てられないものがある。

そんなもののひとつに、アルマイトのお弁当箱がある。

私が幼稚園の時に使っていたものだ。

縦十二センチ、横八センチ、高さ三センチの小判型で深い赤色。蓋の中央に描いてあるピンクの薔薇がなんとも古臭い。

裏側の端のほうに「みのべ」と名前が入っている。尖《とが》ったもので引っ掻いて書いたもので、たぶん牛乳瓶の紙蓋を開けるキリの子分のような道具を使って母が書いたものだろう。

今持ってみると、手のひらにすっぽり入ってしまうくらいだから、内容量からしても幼稚園以来使っていない。小学校は給食だったので、またお弁当を持って行くようになったのは中学になってからだ。

中学の頃には薄い角型のお弁当箱が主流だった。

もちろん子供っぽい絵など描いてないアルミ色そのままのシンプルなものだ。キャラクターものもすでにあったが、現在のように、かえって歳がいくほど可愛いものを好む風潮はなく、背伸びして大人びたもののほうがカッコよく感じた。たしか蓋の部分に箸を収納できるようになっていて、これがいちばん新しい型だったと思う。

おかず入れの密閉容器もプラスチックではなく、両側にゴムがついた金具があって、縁に引っ掛けるようにパチンと押さえるタイプのものだった。

今思えばこれなら使い道がありそうなものだが、いつ捨てたのかさえ覚えていない。

赤いお弁当箱は、台所の戸棚を整理するたびに捨てようと思いつつ、別に邪魔になるものでもないし〜などと理屈をつけてずーっと取ってある。さわっていると色々なことを思い出して、片づける手が止まってしまう。

手の大きさは違っても、持った時のツルンとした感触や、何年経っても歪《ゆが》まずにピタッと吸い込むように収まる蓋の感じがなんともいとおしい。

母がハギレで作ってくれた巾着袋から取り出した時の、金物独特のじかに掌に伝わってくる温かさを想い出す。

教室の全体像は浮かばないのだけれど、後ろの方にデンと据えられていた鋳物《いもの》の「だるまストーブ」は、はっきりと覚えている。

危険防止のためにぐるりを金網の柵で覆ってあり、そこへ引っ掛けるように同じ金網で作った籠《かご》がついていた。

かじかんだ手で、黄色いカバンから出したお弁当の包みを籠の中に入れる。朝作ったお弁当がお昼まで温かいのは、だるまストーブのおかげだ。

ほんわかとした温もりとともに、お絵描きをしていた時にプーンと漂ってきたあの臭いが蘇ってくる。

納豆と漬物が蒸れた臭い、嫌いなタマネギと好きなリンゴが腐ったみたいな臭い！

窓ガラスに字が書けるほど湿ってムンとした教室に籠《こ》もったあの嫌な臭いは、お腹は空いているのに食欲がなくなった。けれど、私のお弁当は蓋を開けても嫌な臭いはしなかった。

母はちゃんと考えていたらしい。

「お弁当を温める期間は決まってるから、その間は蒸れて臭くなるものは避けたのよ。それで好き嫌いするようになっちゃ困るからね」

反対に、冷めたまま食べるような季節には、冷めても味が変わらないものを考えて入れていたという。そのためにお弁当を二つ作って同じ状態でお昼に食べていたそうだ。

その頃いちばん好きだったのは、ハンバーグだった。そういえば、焼けていない切り口ができないように、最初から一口大に作ったハンバーグをケチャップとウスターソースで煮絡めてあった。温めても焼いて膜を作ってあるから、嫌な臭いはしないし、味がしっかり絡んでいてソースが染み出ることもなく、もともと温めないで使う調味料だから冷めても味が変わらない。

温める真冬と、傷んだり臭いが出やすい夏以外には納豆ご飯も作ってくれた。もちろん温かいご飯の上にのせて蓋をするようなことはしない。冷ましたご飯を半量入れて、刻み海苔かおかかを薄く敷き、納豆をのせて又海苔かおかかを振って残りのご飯をのせる。

つまりご飯でサンドイッチにしてしまうわけだ。これなら蓋に納豆がベタッとつくことも、ご飯と納豆がなじまずに滑って食べにくいこともないし、ご飯は冷ましてあるので蒸れて臭いが出ることもない。

海苔弁当の時も同じように間に挟んであったので、開けたら海苔が蓋にペタッ、なんてこともない。

懐かしく想い出すのはお弁当箱の温もりだけれど、味自体は自然に冷めたお弁当のほうが好きだった。なんたって、だるまストーブの余熱利用だから温かさにムラがある上、保温したために不味《まず》くなってしまうものもある。

「温かい食事」というのは何よりのご馳走だが、常温で食べるお弁当の美味しさはまた別である。

学生の時以後、お弁当を食べるようになったのは女優としてデビューしてからだ。撮影所の食堂や近くの飲食店へ行くこともあるが、大抵配られるお弁当を食べていた。一時間の休憩の間に扮装《ふんそう》替えや、次のシーンの準備も済ませるため、キャストもスタッフも忙しい。食事場所のないところにロケに出ることが多かったので、「ロケ弁」と呼ばれるお弁当は、時間短縮・必要不可欠・選択肢なし、というものだった。

私が女優になってしばらくの間はいわゆる「ほか弁」はなかった。それぞれの撮影所の近所にある仕出し弁当屋に注文を出しておき、早朝の出発前にロケバスに積み込む。

「ロケ弁」の内容は、どこもほとんど同じようなものだった。

単品のお弁当だと、もしも嫌いな人がいたら食事抜きになってしまうから、という理由で「幕の内」が定番だ。

局制作ではなく、下請けの制作プロダクションが撮ることが多かったので、限られた予算をどう浮かせるかで儲けが違ってくる。作品に影響のないところから削るとなると、まずお弁当代だ。当然、本来の意味の「幕の内弁当」からは程遠い「メインはなく、安価なモノを無秩序に少しずつ詰めた弁当」である。

ちなみにパターン化していた「ロケ弁」の内容は――やけに多いボソッとしたご飯の真ん中に小梅一個、黒ゴマ八粒くらい。端のほうにピンクの大根またはグリーンのキュウリ。

おかずコーナーに、ニンジン・大根・こんにゃくの煮物、各二センチ角。何かのフライ、三センチ角くらいのもの（魚のときはたぶんオヒョウ。肉のときはたぶん豚肉。食べても不明のときあり）。はるさめの酢の物またはマヨネーズ和え。もしくはキャベツか白菜の千切り中華あんかけ風がアルミカップに二口分。時に一口がんもの煮物一個又は卵の素で作ったとおぼしき玉子焼一切れ。

こうして書くと沢山ありそうだが副菜（なのだろうか？）はこの中のどれか二品だ。これがヘナヘナのプラスチックケースに入って輪ゴムでとめてある。

キャストはまだまだこれでもよい。どうせ女優は多かれ少なかれダイエットをしているので、この中の揚げ物とご飯を大量に残していた。可哀相なのは重労働のスタッフだ。重い撮影機材を担いで一日中走り回るのに、これでは力も出ない。しかも、冷暖房の効いたバスの中に八時間置きっぱなしだから、夏も冬も単に「常温」とはいいがたい。

新婚の頃、亭主のためにお弁当を作ることに憧れて、とっておきの塗りのお弁当箱に「これでもか！」というほど頑張って作ったご馳走を詰めて持たせていた時期があった。

松茸ご飯にエビフライ、和風ステーキに特製サラダ。煮物に和え物、デザートまでつけた豪華版のお弁当だ。

亭主も当時はまだ若く、新妻が頑張って作ったお弁当を喜んで食べてくれた、と思っていた。

ある時、衣装部さんが私の帯を締めながらいった。

「この間中尾さんと仕事したんですけどね、凄い弁当食べてましたねー。撮影所中で話題になってましたよ、俺たちが食べてるロケ弁とは大違いだよなぁって……」

この一言で私は新婚の夢から覚めた。

さっき無理に食べたロケ弁が胃の中で固まったような気がした。私自身は、ずっと皆と同じ「ロケ弁」を食べていたのだ。

配慮のない自分に腹が立ったし、なにより亭主に申し訳ないことをしたと、思いっきり落ち込んだ。

「同じ釜の飯」とはよくいったもので、共同作業であるドラマ作りの現場ではこうした気遣いはとても大事なのだ。


コンビニでお弁当やおにぎりを買うと「温めますか？」と必ず聞かれる。

少し前までは、東京のコンビニではおにぎりは温めない店（人）が多かったらしい。ネット上のある掲示板では、地域によって「温める派」と「そのまま派」がはっきり分かれて議論になっていた。

それを見ながら考えたことは「中身によるでしょ？」ということだった。なんと「海老サラダマヨネーズ」まで温める人がいたのだ。私は気持ち悪く感じたのだが、どうだろう？

コンビニでお弁当を買う必要はほとんどないのだが、新しいものを見かけると興味があってつい買ってしまう。

「温めますか?」

幼稚園のあの臭いが蘇ってくる。

「この漬物とサラダを出しちゃだめ?」といいたいのを我慢して笑顔を作る。

「いえ、すぐに食べないからそのままでいいです」

常温のお弁当が美味しい季節に、何も冷蔵ケースに入れることはないのに、と思いつつ……。

電子レンジで温めることができない「赤いアルマイトの古臭いお弁当箱」が、近頃とみにいとおしい。

二段海苔と三色御飯の弁当 ● 川本三郎

かわもと・さぶろう
1944年東京都生まれ。評論家。新聞社勤務を経て、映画評『朝日のようにさわやかに』でデビュー。文学・映画評論をはじめ旅や街歩き、評伝など活躍は多岐にわたる。おもな著作に『大正幻影』、『荷風と東京「断腸亭日乗」私註』、『林芙美子の昭和』、『白秋望景』など。

一夕、親しくしている四十代の女性二人とお酒を飲んだ時、思いがけない話題になった。

「高校生の子供の弁当」である。

Fさんは映画会社の宣伝部の要職にある。結婚していて高校生の男の子がいる。

Kさんはフリーの映画ライターとして活躍している。やはり結婚していて高校生の女の子がいる。

渋谷の居酒屋で三人で飲んでいるうちに、なんとなく「子供の弁当」の話になった。二人の母親は、これを作るのが一日の大きな仕事で、二人とも朝の六時には起きて子供の弁当を作るという。子供のいない人間としては大いに驚いた。

Ｆさんも Ｋさんもいわゆるキャリア・ウーマンだが、他方で、高校生の子供の弁当を作るために、朝の六時にはもう起きている母親でもあるわけだ。

女の子のいるＫさんが、弁当を作る時に気を遣うのは、色彩などの見た目だというのに対し、男の子のいるＦさんは、とにかく量、質より量といったのは、なるほどと思った。


小学校の頃は給食だった。

おそらくまだ食糧事情が悪く、弁当にすると生徒の家庭の負担が大きかったためだろう。

給食でいちばん嫌だったのは、われわれの世代の誰もがいう、あの脱脂粉乳という出がらしの茶ならぬ、出がらしのミルクだった。アメリカが、戦争で敗れ、貧しい国になった日本の子供たちに贈ってくれたものだが、なにしろまずかった。

だから中学生になって、給食から弁当に変わったことは、本当にうれしかった。毎日、弁当箱の蓋を開ける時はわくわくした。

あの頃、母が作ってくれた弁当はどんなものだったろう。無論、昭和三十年代のはじめはまだ今に比べれば、豊かな時代ではなかったから、そんな贅沢なものはなかった。

おかずは定番の卵焼き、かまぼこ、塩ジャケ、それに塩コンブ、梅干し、漬物ぐらいだろうか。塩ジャケなど、まさに塩をふいているようなものだったから「塩分控え目に」のいまでは考えられない。

母の作る弁当のなかでとりわけ好きなのが二つあった。二段海苔と三色御飯。

二段海苔は、御飯の上に醬油をまぶした海苔を敷き、その上に御飯を重ね、また海苔を敷く。二階建ての海苔弁といえばいいか。

上の海苔と御飯を食べてゆくと、また次に海苔が現われるというのがうれしかった。あの頃、海苔はいまよりも安価な食材だったのかもしれない。

もうひとつの三色御飯というのは、御飯の上に、三分割するように、炒り卵（黄色）、鶏のそぼろ（茶色）、それに、野菜、ホウレンソウとかインゲン（緑色）をのせたもの。

見た目もきれいだったし、これだと嫌いな野菜も食べることが出来た。


弁当をどこで食べるかも大事だった。

普通は教室だが、春や初夏の頃は外に出たい。

中学生といえばお腹の空く年齢だから、早弁といって昼前に食べてしまう生徒も多かったが、私は朝食もきちんと食べてゆくほうだったからあまり早弁はしなかった。

教室で休み時間にあわただしく弁当を食べるのもつまらなかった。昼休みにゆっくりとおいしい弁当を食べたい。

はじめ、屋上でよく弁当を開いた。屋上からは目と鼻の先に、当時、建設中の東京タワーが見えた。この塔が完成したのは、昭和三十三年（一九五八）、中学二年生の冬だったが、中三になった春先、パリのエッフェル塔よりも高い東京タワーを見ながら弁当を食べるのは、中学生にとって最高の贅沢だった。

たしか、あの頃、校則では、一度、登校してからは学校の外にむやみに出ることは禁じられていたと思うが、高校生になると大胆になり、こっそり学校を抜け出して、近くの有栖川公園や善福寺の境内、がま池という池のほとりで弁当を食べた。ちょっとしたピクニックだった。

弁当はたいてい古新聞に包まれている。古新聞といってもせいぜい一週間ほど前の朝日新聞や東京新聞なのだが、そのスポーツ欄で、阪神タイガースの勝利の記事をかみしめながら食べる弁当はまた格別おいしかった。

高校三年生の時、皆勤賞をもらった。

これは珍しいことだった。私の学校はいわゆる進学校で、高校三年の三学期になると、受験勉強に専念するために学校に行かなくても許されるという暗黙の了解があった。

なぜかそれが嫌で、高三の時も意地で学校に通った。皆勤賞をもらったのは数人だったと思う。そしていま考えれば、それはただ母の弁当を食べたかったからかもしれない。

そのために母は、毎朝、早く起きていたのだと考えもせずに。あの頃、母はFさんやKさんより少し上の五十代だった。

私のお弁当

沢村貞子

さわむら・さだこ
1908年東京都生まれ。女優、随筆家。新築地劇団を経て日活へ入社。「赤線地帯」、「駅前シリーズ」など映画やテレビにおいて欠くことのできない存在感を示した。また、自伝的随筆『私の浅草』が好評を得、女優引退後は随筆家として『寄り添って老後』、『老いの楽しみ』などを刊行。1996年没。

テレビドラマの収録が思いのほか捗《はかど》らず、夜半、一時二時をすぎることがある。そんなときでも、私は家へ帰るとまず台所に立ち、空のお弁当箱の始末をする。いくら疲れているからといって、塗り物を一晩中水につけておくわけにはゆかない。ぬるま湯で丁寧に洗い、乾いたフキンでよくふいて食卓の上へ並べて……さて、「あーあ、今日の仕事はくたびれた……」

とホッとするのが習慣になっている。

その面倒みのよさのおかげで、私のお弁当箱はもちがいい。赤、青、黄のうるし塗り三段重ね。おかもち型や半月の春慶塗り。丸型や小判——たっぷり大きいのや、ほんの虫おさえの小さいものなど……それぞれ違う七組の塗り物の中には、もう二十年あまりも使っているものがいくつかある。

仕事がおそくなるはずの日、私はいつも籐《とう》の籠に、番茶の魔法瓶と手製のお弁当をいれてゆく。朝、それを用意するために一時間ほど早く起きなければならないけれど、おっくうだと思ったことはない。生れつき低血圧の私は、台所中バタバタしているうちにすこしずつ血のめぐりがよくなってくる。なにしろ役者という職業は、とにもかくにも現場へゆき、タイムカードをおせばいい、というものではない。その役らしく扮装をととのえ、演出どおりチャンと動き、台本どおりキチンと台詞を言える状態でなければ仕事にならないのだから……。お弁当ごしらえは、寝起きの悪い私にとって、ちょうどいい準備運動ということにもなっている。

私たちは、身体のほかに元手がない。私のようにあんまり丈夫でないものが、食べものをいい加減にしていたら、その元手はたちまち、すり減り、つぶれてしまう。

そのくせ、あれこれ神経をつかうことが多いから、つい食欲がなくなりやすい、齢をとれば尚更のこと。それを自分でだまし、すかして、箸をとる気にさせるためには、見た目に美しく、香りもよく、味も好みのものばかり、しゃれた器に手際よく盛りつけた「私のお弁当」でなければならない。

むかし、六代目菊五郎さんは、舞台に出る直前に丼ものをかっこんでいる若い役者を、

「バカ野郎、腹いっぱいでいい芝居が出来ると思っているのか……」

と怒鳴りつけたという話をきいた。

そう言えば、私が弟の付き人で浅草の小屋へ通っていたころ、楽屋で、

「腹の皮が突っぱって……眼の皮がたるんで……」

と古い役者が、夢中でおすしなど食べている子役の傍で囃《はや》していた。食べすぎるな——とたしなめていたのだった。

自分が役者になってみて、それが改めて身にしみた。空腹すぎてもイライラして具合が悪いが、食事をしてすぐライトにあたったりすると、ボーッとしてセリフを忘れ、間《ま》をはずし……ときには眠気がさしたりしてとんでもないことになる。こわ

いこと……。

「猿まわしは、どんなに猿を可愛がっていても、芸当をする前には決して飯をくわせないそうだ」

と、父も言っていた。

だから、食後はしばらく休んで……と思っても、決まった休憩の混み合う食堂では、注文したものが来るまで時間がかかる。

「私のお弁当」なら、お好きなときにお好きなだけ……というわけである。

大きい声では言えないけれど、私にとってお弁当は、ほかにもちょっと意味がある。

何カ月もの長いドラマに出演すると、若い人たちと毎日のように顔をあわせることになる。お互いに役から離れてホッとするのは食事時間だけ……。そんなときイソイソと食事に出かけようとする息子や娘、嫁役の人たちが、フト老け役の私に気をつかったりする。

「沢村さん、今日は何を召し上りますか？」

私はやさしく首を振る。

「ありがとう、でも、私持ってきたから」

「ああ、かあさんはお弁当ね……じゃ」

パタパタと駈け去るうしろ姿の嬉しそうなこと。無理もない、せめてご飯のときぐらい、若いもの同士、勝手なおしゃべりをしたいだろう。古すぎる先輩の顔色なんか見ないで……。こちらもご同様である。無理して若い人に調子をあわせ、ハンバーグやギョウザをモグモグしながら、チンプンカンプンわからないニュー・ミュージックの話に、なんとなくクリスタルな顔をするような――そんな気骨の折れるおつきあいはご免を蒙りたい。何しろこちらは明治ですからねえ。

さて、ひとり個室に坐り、ゆっくりお弁当の風呂敷をひらくのだが……その中味が、問題である。

もし、固く冷たいアルミニュームの箱に、昨夜の残りものが邪慳《じやけん》に放りこんであったとしたら、老女の胸はキュッといたんで、

(なによ、私ひとりおいてきぼりにして……セットじゃ一目おいているような顔をしているけれど、しょせんは逃げ出したいんでしょう……)

などとブツブツ――哀れにぼやくはめになる。けれど、私はいつも機嫌がいい。

朱塗りの三段重はつやよく磨きあげられて、手ざわりが暖かいのだもの。

一番上には好物のお新香——ほどよくつかった白いこかぶと緑の胡瓜。傍には黄色も鮮やかな菜の花づけ。銀紙で仕切った半分には蜂蜜をかけた真赤な苺の可愛い粒。中の段には味噌づけの鰆《さわら》の焼物。その隣りの筍と蕗、かまぼこはうす味煮。とりのじぶ煮はちょっと甘辛い味がつけてある。上に散らした小さい木の芽は、朝、庭から摘んだばかり……プーンといい匂いがしている。隅にはきんぴらの常備菜。下の段の青豆ごはんがまだなんとなくぬくもりがあるような気がする——これが塗りものの功徳というわけ。

(どう? ちょっとしたものでしょう、このお弁当は……)

姑《しゅうとめ》役の古い女はニンマリと得意げに塗り箸をとり出して、まず魔法瓶から香ばしい番茶を一口。

美味しいものを食べると、人間はやさしい気持になる。こういうとき、食後の芝居はみんなとイキがあってうまくゆく。

「このお弁当、みんな一人で食べるんですか?」

この間、誰かが心配していた。腹六分目と決めている私にしては、たしかに量が多い。たっぷり二人前はある。つまり、これは、料理好きの癖の一つ——どうもひとに食べさせたがる。結局、私のマネージャーはたびたびお相伴《しょうばん》させられている。

ずっと前、NHKの「若い季節」という番組で一緒だった黒柳徹子さんは、そのお相伴をとても喜んでくれた。局で顔をあわせると、セリフをあわせる前にまず、

「ね、かあさん、今日のおかずはなに？」

といつも興味津々。食事どきには当然のように私の部屋へ……。ある日、ほかの番組に出ていた津川雅彦君を突然つれてきて、

「今日は特別に、私の権利をこの人に譲ってあげたの」とすましているのだから……まったく。

ここのところしばらくその機会がないが、またいつか、徹子さんと一緒にお弁当を突っつきたい。食いしん坊同士——楽しんでくれる人とわけあうのが、本来のお弁当の意義なのかもしれない。

どうやら、役者というものは、猿と猿まわしの二役をかねなければならないらしい。私という猿が上手に芸当をするように——私という猿まわしがいつも美味しい餌を用意して、時間をはかって、適当に食べさせなければ……。

さあ、明日も早くおきて、「私のお弁当」をセッセとこしらえることにいたしましょう。

汽車弁当

獅子文六

しし・ぶんろく
1893年神奈川県生まれ。小説家、演出家。劇団文学座創設者のひとり。おもな著作は『てんやわんや』、『娘と私』などで、その多くが映像化された。食通としても知られ『食味歳時記』、『飲み・食い・書く』などの随筆を残した。1969年没。

戦時中、関西へ旅行した時に、静岡で幕の内弁当を買ったら、飯の中に点々と、なにか黄色いものが、混入していた。サテ、なんだろう、なかなか風雅《ふうが》な味がするがと、首を捻ったが、正体が知れなかった。旅行から帰ると、家の飯にも、同じものが入っていた。小麦だと知れた。

でも、私は、一粒も余さず、あの弁当を食ってよかったと思った。その頃、汽車の弁当については――いや、汽車で弁当を食うことについては、なかなかむつかしい話があったのである。私は、そういう話を、三つも四つも、聞いている。

その中で、一番、身に沁みた話がある。

二等車（旧）の中で、ある上流風の女が、弁当を買った。一箸《ひとはし》つけて、顔をしかめ、それを座席の下に、投げ込んでしまった。

他の話の場合だと、それを見た一人の壮漢が、イキナリ女の横ッ面を殴りつけたというのが、定石《じょうせき》のようになっているが、この話は少しちがう。

彼女の前に、年輩の坊さんが乗っていて、捨てた弁当を、愚僧に頂かしてくれないかと、頼んだそうである。女は、足で弁当を掻き寄せ、坊さんに与えたそうである。それを押し頂き、坊さんは、ユックリと、一粒も余さず、弁当を食べ終って、どうも有難うございましたと、厚く礼を述べたそうである。

その時、その女が、どんな顔をしたか、話の語り手は、そこまで述べてくれなかったのが、残念だった。案外、あたしの食べ残しなんか狙って、いやなエロ坊主だよなぞと、自惚《うぬぼ》れていたかも知れない。しかし、彼女も人間であってみれば、生涯に一度ぐらいは、ハッとこの時のことを思い出すかも知れない。そうしたら、ほんとに、穴の中に入りたい気持になるだろう。

これくらい、痛い叱責は、ちょっと類がない。どこの坊さんか知らないが、なかなか偉い人がいるものだと思った。

弁当くん

矢部華恵

やべ・はなえ
1991年アメリカ生まれ。モデル、エッセイスト。10歳からファッション誌でモデルとして活躍し、小学校6年生のときに刊行された『小学生日記』で注目を集める（hanae*名義）。おもな著作に『本を読むわたし』、『ひとりの時間』、『華恵、山に行く。』など。2021年、華恵から改称。

午後二時の地下鉄はガラガラです。

私は真ん中の席にドカッと座り、つい三十分前に終ったばかりの期末テストのことを考えていました。

向かい側の席では、中学生か高校生ぐらいの男の子二人が仲良さそうに話をしています。二人とも、ネルシャツにジーンズ、スニーカー。足元には、ぎゅうぎゅう詰めになっている重そうなリュック。私服通学ということは、おそらく私立の男子校。この沿線なら小学生の時の友達がいる学校かもしれない。もっとも、四年も経てば、髪型も身長も服装も変わっていて、その辺で会っても気がつかないかもしれないんですけど。男の子の変化は激しい。まるで別人、と思うこともあります。

目の前の二人は何を話しているのか、全然聞こえてきません。静かにおしゃべりをする男の子って珍しい。それでなくとも、中・高生あたりだと無意識のうちに声がデカくなってしまうのに。私も友達と電車に乗っていると、知らないうちに周りに迷惑をかけているような気がします。友達が「バイバーイ」と電車を降りてドアが閉まる瞬間、シーンとするので、ようやくそこで、自分達がうるさくしていたことに気づくのです。柳原可奈子のネタに「総武線の女子高生」というのがありますが、あれを見て誰もが「ある、ある」と思うのは、内容はもちろんですが、彼女たちの声が大きい会話が丸聞こえになってるからですよね。

それに比べて、この男の子たちって、不思議。楽しそうに話しているのに、笑い声さえ聞こえません。

特に、左側の子が気になります。ジロジロ見ちゃいけない、と思いながら、つい目がそっちに行ってしまいます。かっこいいとか、可愛いとか、そういうんじゃなくて、むしろ、ちょっと変わった感じの子なんですけど。

何が「ちょっと変わってる」かというと、黒いおかっぱ頭。まるで、映画「バーバー吉野」に出てくる「吉野ガリ」みたいです。「町の少年は全員、吉野ガリ」なんて掟があるわけないし、町に床屋が一軒しかない、なんてこともあり得ないのに、今ドキこんな頭をしているのは不思議議です。「おかっぱ頭」というより、「マッシュルームカット」に近い。テレビに出てくる人でこういう髪型をしているのは、雨上がり決死隊の蛍原さんとか、ふかわりょうさんとか、アンガールズの山根さんとか、つまりお笑い芸人だけじゃないですか。マッシュルームカットの高校生って、初めて見たんですけど。しかも、妙に似合ってる。小さい子ならお母さんの趣味ってこともありえるけれど、高校生だったらそんなはずないですよね。

横を向いたり頷いたり笑ったりするたびに、髪がユラユラと揺れます。マッシュルームの傘の下には、ウズラの卵のような小さい顔が埋まっています。ツルンとした肌と、小ぶりのパーツ。

これだけのボリュームのある髪型が似合っているのは、顔も体も細いから、かもしれません。うらやましい。なんでこんなに痩せてるんだろう。

私、男の子の長い髪って好きです。ダラダラと長くて汚らしいのは問題外ですが、肩につくぐらいの柔らかい髪は、それだけでやさしそうに見えます。髪がホワホワ揺れたりサラサラ流れたりすると、クラッときてしまいます。そうそう。小さい頃に観た「ひとつ屋根の下」というテレビドラマに出てきた「あんちゃん」って良かったな。体が大きくて男っぽいのに、髪がサラサラっていうギャップがいい。

目の前の彼の場合は、マッシュルームカットが似合い過ぎなのかもしれません。近くにこういう子がいたら、からかってしまうかも。確かに可愛いし賢そうなので、友達になってみたいけれど、必ず「カッコつけてんなよ」とか「しっかりしろよ」と言ってしまいそう。

全体の印象がアンバランスで頼りなく見えてしまうのは、足元にも原因があるのかもしれません。ツンツンと短い細身のズボンから出ている細い脚が、なんとも寒そうです。スニーカーと足首の間にわずかに覗くアンクレットソックスは、ちょっと時期はずれかも。下半身全体が、小学生のまま大きくなってしまった、って感じです。どうせなら、ダボッとしたバギージーンズとクルーソックスにすればいいのに。そっちの方がゼッタイ似合うって。

大手町に着くと、おかっぱくんの隣に座っていた子が立ち上がりました。友達が電車を降りると、おかっぱくんは体をよじって手を挙げて、バイバイの合図をしていました。男の子は別れる時、「じゃあな」の一回で終わるのかと思っていたら、そうでもないんですね。彼の場合、「じゃあね」と言うのかもしれないし、「おれ」じゃなくて「ぼく」の可能性が大。うちの学校なんて、女の子でも「おれ」と言う子はいっぱいいるのに。きっと、おかっぱくんの家では、おしゃれなお母さんがイタリアンかフレンチの夕飯を作って、彼の帰りを待ってるにちがいない。デザートにもケーキと紅茶が出てきたりして。すごいな。

急に、小学校の同級生を思い出しました。一年ぐらい前、夜遅くコンビニの前でばったり会ったのですが、詰襟《つめえり》の学生服を着て、すごく背が高くなっていて、びっくりしました。あんなに変わっちゃうなんて……。卒業して初めてだったかもしれません。「おう、元気?」と声をかけられたのに、私は自転車を停めもせず、「あ、う、うん」なんてあいまいな返事をしたまま、ビューッと自転車で走り去ってしまいました。向こうは背が高くなっただけだからいいけど、私はちょっと困る。「太ったな」なんて言われる前に、逃げ出さないと。

そして一ヵ月後、その子から〈さっき、駅前にいた？　信号のところで見かけたんだけど〉とメールが来て、ドキッとしました。〈いたよ〉と返信メールを打ちながら、嫌な予感がしました。つい数分前のことですが、自分がどんな顔をしていたのか、気になります。今、風邪をひいているので、洟《はなみず》をタラーッと垂らしていたんじゃないか。もしかして、イライラして、信号のあたりにいた小さい子に、「ジャマ」とガン飛ばしてたんじゃないか……。

彼は、スポーツも勉強もできて、クラスを代表する優等生でした。そのうえ、おしゃれで、モスグリーンとかのビミョウな色使いがうまいんです。

ただ、「こいつ、わけわかんない」と思ったのは小学六年の秋、友達四人でうちに遊びに来たとき。水が欲しいというので持ってきてあげると、「氷は？」なんて言うのです。私は「メンドクサイやつ」と思いながらも、冷凍庫から取ってきて、「ほら」とコップに三つぐらい、入れてあげました。ところが今度は、「え？……手で？」と言いやがったのです。私が「はぁ？　じゃ、何で入れんの？」と聞くと、周りの子達が「スプーンとか？　それとも、冷凍庫から氷を出すとき、最初からガラガラッとコップに出てくるとか？」と言ってドッと笑いました。

「うん、ぼくんち、そうだけど……」

気まずそうに言うので、

「まさか、冷凍庫から、コップ一杯分だけ氷が出てくるとか？」

私が突っ込むと、

「ばーか、何言ってるんだよ。そんなのあるわけねーよ」

「そうだよ。ありえねーって」

皆、また笑いました。でも、そういう冷蔵庫の存在を知らなかったのは、私たちだけ。私なんて、ついこの間、池袋の『さくらや』で初めて実物を見ました。

おかっぱくん、なんとなく私の同級生に少し似ています。外見は違うけど、雰囲気が似ている。きっとおかっぱくんの家でも、スキのないおしゃれをしたお母さんが、無菌氷が入ったアイスティーを、はいどうぞ、と出してくれるんだ。

私の妄想は膨《ふく》らむばかりです。

ひとりになったおかっぱくんは、足元に置いたリュックの向きを変えて、ジッパーを開けました。一番上に入れておいたスウェットを取り出して、その下の重そうな古語辞典を手に取って、さらにその下にあるものをチェックしています。古語辞典はまだ新しいので、高一かもしれません。……ということは、私と同じ学年？　でも、私立は一年ぐらい早く先取り学習をしているので、彼が中三という可能性もあります。

電子辞書じゃなく、ちゃんと紙の辞書を持ち歩いているというあたり、頭よさそう。私のクラスなんて、八十パーセント以上が電子辞書。先生は「できれば紙の辞書を……」と言っていますが、みんな「重くてヤだ」と言います。私は紙の辞書を使っていますが、ずっと学校のロッカーに入れっぱなしです。

古語辞典の下に、赤いバンダナが見えました。見覚えのあるバンダナ。もしかして、私が持っているものと同じ。私のは百円ショップかフリマで買ったものですが、このおぼっちゃんが私と同じバンダナを持っているなんて、びっくりです。赤いバンダナに包まれているのは、おそらく弁当箱。そっか。お昼は弁当なんだ。

鞄から全部出して荷物の入れ替えをして、教科書でも出すのかなと思っていたら、彼は弁当箱を膝の上に置いたまま、リュックのジッパーを閉めました。

そして赤いバンダナを解くと、大きなステンレスの弁当箱がツルンと現れたのです。何の模様も飾りもない、ドでかい弁当箱です。

ガバッっと蓋を開けると、ご飯とおかずが半々ぐらいに分かれていました。少しだけ食べてあるのは、お昼に時間がなかったのでしょうか。ご飯は軽く二杯分ありそうです。彼は、まずご飯を一口食べて、それからちょっと迷い箸をして、大きな鶏のから揚げを口に入れました。

うまそう……。私は思わずジッと見てしまいました。おかっぱくん、弁当箱を膝に置いたまま、頭のつむじがはっきり見えるほど、前かがみになって食べ続けています。堂々と、という感じでも、恥ずかしがっているわけでもない。周りを気にせず、でも、隣の人のじゃまにならないように、肘《ひじ》をキュッと締めて、カサカサッと食べています。

一番端っこの席で新聞を読んでいたオジサンは、新聞をちょっとずらして、弁当少年を見ましたが、それだけです。誰も何も言いません。

次の駅でドアが開くと、若いサラリーマン風の人が二人、別々の方向から入って来ました。弁当くんの両脇があいていたので、隣に座ったのですが、顔をしかめています。露骨に「なんだこいつ。何やってんだ」と言いたげな表情。でも、弁当くん、何も気づいてないみたいです。

から揚げ、筑前煮、卵焼き、あと何？……。もうちょっと頭を上げてくれれば見えるのに。

向かい側の席には、気がついたら黒っぽいスーツ姿がずらりと並んでいます。弁当くんを除くと、会社員っぽい男の人ばかり。真ん中でひたすら食べている姿は、一見女の子っぽいのですが、ゴツイ弁当箱とそれを持つ手がそうじゃないことを主張しています。

カチャ、カチャ、と箸が弁当箱にぶつかる音が聞こえたかと思うと、弁当くん、箸を右手で握って、蓋をガバッと閉じて、あっという間にバンダナに包みました。その間、わずか十秒。それからリュックの中に弁当をしまい、ジッパーを閉めた途端、

「次は国会議事堂前——」

私が乗り換える駅です。

電車が停まる直前、彼はリュックをグイッと持ち上げて、右肩に背負いました。

彼もここで降りるみたいです。私は、彼の後に続きました。立ってみると、私より も五センチぐらい肩が高い。なのに、体の横幅も厚みも、私の半分ぐらいしかない。なんなんだ、この細さは。しかもその割に足だけがアヒルみたいに大きい。

歩くたびにおかっぱ頭がほっこり揺れるのを見ながら乗り換え口を通過すると、彼はまた私と同じ電車に乗ってきました。

私はさすがにちょっと意識して、一車両分離れて乗ることにしました。もし、さっき私が彼をジッと見ていたのを知っている人がいたら、ストーカーだと思うかもしれない。これでまた同じ車両では、向こうだって気づくかもしれない。それに、近くにいたら、私、また見てしまいそうです。

ドアの近くに立って、窓に貼ってある広告に目をやると、さっきの彼の弁当箱の中身ばかりが頭に浮かんできました。

ごはん、から揚げ、筑前煮、卵焼き、あと何だっけ……。

あの子のお母さん、イタリアンやフレンチ系じゃないのかもしれない。弁当箱に入っていたのは、みんな、ごくフツウの和風の「おかず」でした。

なんだか、塾に通っていた時を思い出します。友達と一緒に、電車の中で弁当を一緒に食べた時のことです。夜九時半ごろ授業が終わり、いつも友達と途中まで一緒でした。二人並んで座って、お弁当を食べたこともありました。あんな満員電車の中で食べるなんて、ヒンシュクモノだったと思いますが、あの時は恥ずかしいなんて全然思わなかったのです。彼女の弁当にはチヂミが入っていて、見るからにおいしそうでした。私も、夏休みからは、母が弁当を作ってくれていたので、塾で食べる時間がなかった時は、帰りの電車の中で弁当を開けてました。渋谷から電車で二十分。我慢できないってわけじゃないのに。すぐに食べたくなってしまう。あの後、家に帰ったらまた夕飯だったのに。ホント、食べてばっかりでした。

さっき弁当くんの脇に座った男の人は、少し迷惑そうにチラチラ見ていました。よく「電車の中でのマナー」と言うけれど、やっぱり、電車の中で物を食べるのって、マナー違反なんでしょうか。別に臭わなければいいじゃん、と思うんですけど。それとも、小田急線のロマンスカーや新幹線なんかはいいけど、フツウの電車はダメってことなんでしょうか。私はいまだにその理由がよくわかっていません。むしろ、電車の中で、ご飯を食べている子を見ると、「同志」のような気持ちになるのです。

おかっぱ頭でも、ひょろひょろに痩せていても、服装のセンスがイマイチでも、弁当を食べる姿を見ただけで、友達のような気持ちになる。彼に対する印象がガラッと変わってしまう。

食べ物って、本当に不思議です。

お上のお弁当を食べた話 ● 入江相政

いりえ・すけまさ
1905年東京都生まれ。歌人、随筆家。学習院大学教授を経て宮内省へ。昭和天皇の侍従長を長年務め、著作『侍従とパイプ』や『天皇さまの還暦』などでは「人間天皇」をひろく世間に紹介した。没後に刊行された『入江相政日記』は資料的価値も高い。勲一等瑞宝章受章。1985年没。

昭和二十二年の大阪、和歌山、兵庫巡幸の時のことである。六月六日、京都の大宮御所をお発ちになって、吹田操車場をへて大阪市内の大阪製作所、授産所、引揚援護館をおまわりになって、市役所で昼の弁当を召しあがることになった。われわれお供のものは別室で食べることになっていて、私がそこへ行って見ると、なんとその日の弁当は、一尺四方ぐらいの春慶塗の弁当箱というよりは蓋《ふた》つきの膳《ぜん》のようなものに、実にきれいに御馳走がつまっている。酒の肴《さかな》のような前菜ふうのものがあり、鮨《すし》もいろいろあったりして、ことに二十二年のことで東京では食うや食わずでいたころのことだから、一見してじっとしていられないようなものである。

当時の大金侍従長も蓋をとって見て、「これをお上に上げよう」という。——そのころまでは、お上には大膳《だいぜん》のものしか差し上げなかった。どこへ御旅行になっても、召しあがるものは大膳のものであり、どこでお弁当を召しあがってもそれは決して地元の料理人のつくったものではなかった。——京都から持ってきた大膳製のお弁当を召しあがらないうちにと思って、大いそぎでその弁当の箱を持って御座所に出た。そしたらちょうどこれからお弁当をお開きになろうというところだった。

そこへ私が春慶塗の大きな箱を持ちこんだものだから、何事がおこったかというような顔をしていらっしゃった。「府のほうでわれわれのために用意してくれた弁当がたいへんきれいで、おいしそうでございますから、差し上げたらどうだろう、ということになりました」といって蓋をとって御覧に入れたら、陛下も地元のものを召しあがるのは、はじめてのことでもあるし、急に食欲をおもよおしになったと見えて、「しかしこれをわたしが食べると、だれかが足りなくなりやしないか？」

とおっしゃり終ったころには、お箸のさきがもう鮨にとどいていた。

私は「いいえ、あちらにはまだたくさんございましたから、大丈夫でございます」とおひきうけした。今考えて見ればこれはきわめていい加減な話で、その部屋の人数と弁当の数とをつき合わせて見たわけでもないし、また大阪府庁が、不必要にたくさん弁当を準備するはずもないのである。これは春慶塗の弁当箱が高く積み上げてあった印象のすばらしさから、こう申し上げてしまったのに過ぎない。それに、これくらい気合をかけなければ、陛下は御遠慮になって召しあがらなくなってしまうかもしれないし、それにそれと矛盾するようではあるが、お箸はすでに鮨に届いていたようではあったし。

喜んで召しあがりはじめたのを見とどけて、もとの部屋にもどって見ると、もうみんなその弁当を喜んで食べはじめている。私がさっきちょっと坐っていた所には、大阪の知らない人が坐って盛んに食べている。どこかに弁当だけ置いてあって人のいないところはないかと思って方々さがしたが、そういうところはない。府庁はやはりそこで食べる人の数をよく調べて、それに合わせて注文したのであった。これは当然のことで、何の不思議もないことだが、その時の私にとってこれほどさびしく悲しいことはなかった。

侍従長をはじめ同僚はこのいきさつをよく知っているから、さすがに同情してくれて、こうなっては仕方がないから京都から持ってきた大膳製の陛下のお弁当をいただいてしまえ、という。私もそうしなければ食いはぐれることになるから、またとってかえして陛下のいらっしゃるお部屋の裏からそっとしのび込んだ。そこには塗物のお弁当箱がまだそのままおいてある。それからいきなり頂戴するわけにもいかないから、紙の上に向けて、お弁当箱を逆さにふったら、海苔巻やらおかずやらが大混乱のまま重なり合って一時に落下した。

午前中の御視察がだんだん遅れて来ていたために、もともと一時間ぐらいしかないお食事の時間が、三、四十分にちぢまってしまっている上に、さきほどからの右往左往で、もう時間は十分ぐらいしか残っていなかったと思う。それに食事がすんだらちょっと便所へも行かなければならない。

あせった私は、ごちゃごちゃになっている陛下のお弁当のなれの果てにいどみかかった。どうもさっき見た大阪の弁当のほうがずっとうまそうだったと思いながら、ただただ猛烈な勢いでグイグイとつめ込んだ。そのまっ最中に、なんとこまったことに、陛下がその部屋にはいっていらっしゃったのである。これはまた考えて見ればあたり前のことで、そこは陛下がお手洗にいらっしゃる通路のようなところだったのだから。

非常に不思議そうなお顔だったように記憶する。「わたしがこれを食べたために、だれかのがなくなりはしないか」とのおたずねに対して、たった今、山ほどある、とお引受けしたばかりの男が、どさくさまぎれに本来の陛下のお弁当にむしゃぶりついているのだから。しかし別に何ともおっしゃらなかったし、私も、その時もそのあとでも、弁解がましいことは申し上げなかった。

それからちょうど九年たった今年になってから、ある晩、お話し相手をしながら食事をいただいている時に、だれかがこの大阪の話を思い出して言い出した。それで私はここに書いたようなことを詳しく申し上げて、あれ以来ずっと二人前やったらしいとお思いになっているかもしれませんが、私としてはまことに割りのわるいつまらない役割でございましたと申し上げたら、ただ大いにお笑いになっただけで、別にそれ以上なんともおっしゃらなかった。

だからほんとうにあの時どうお思いになったか、またその後どうお思いになっているかは、全くわからない。これ以上さらにうかがってみても、またお笑いになればそれまでのものである。

紙の上に海苔巻やら、おかずやらが混乱して落下したのと、私の食べることのできなかった春慶塗と、執念深いようだが、私は今でもこの二つを目の前にいきいきと描き出すことができるのである。

弁当熱

角田光代

かくた・みつよ
1967年神奈川県生まれ。小説家。『幸福な遊戯』で小説家としてデビュー。おもな著作に『空中庭園』、『対岸の彼女』、『八日目の蟬』など。旅好きとしても知られ、『いつも旅のなか』などの紀行文も多数。

待ち合わせまで余裕があり、時間つぶしに雑貨屋に入った。新学期が近い時期だったため、雑貨屋にはわざわざコーナーまで作られて、弁当箱が並んでいた。なんとなく眺めているうち、だんだんと、じわじわと、弁当熱が高まってきた。弁当熱。三年に一回くらい、私は弁当熱に見舞われる。弁当を作りたくて作りたくて、たまらなくなるのである。

弁当を作りたい、というのはまったく不思議な気持ちだと思う。小学校から大学一年の途中、私が「弁当はいりません」と宣言するまで、平日は毎日弁当を作り続けていた母みたいな人からしてみれば、「生ぬるいことを言うんじゃないっ」と叱りたくなるようなことなのだろうが、イベントとして、突如弁当を作りたくなるのである。

弁当熱に浮かされたとき、実際私は弁当を作る。早起きして、にぎりめしを作ったり、コロッケを揚げたりするのである。そのときは高揚している。昼、食べる段になってもうれしい。見せる人もおらず、ひとりで食べるのだとしてもうれしい。

翌日もまた作る。が、前日ほどの高揚はない。さらにその翌日は、かんたんなものしか弁当に入れない。そして昼、弁当箱のふたを開けるのもさほどうれしくない。だってなかに何が入っているか、もう知っているんだもん。それでも、はじめてしまった意地で、弁当作りはやめられず、嫌々ながら早起きし、昨日の残りのおかずを詰めて、昼、はたと「なんでひとりで冷や飯食ってるんだ。世のなかにはおいしいものがたくさんあるのに」と、悟ったような気持ちで思い、弁当作り終了。

いつもそのように弁当熱が冷めることを思い出し、幾多の弁当箱を眺めつつ、

「だから買ってはだめ」「弁当箱買ってはだめ」と自身に言い聞かせた。わくわくと作りはじめたって、一週間で嫌になるのだ。しかもその一週間、弁当作りのために寝不足になる。わかりきっているんだ、そんなことは！

しかし、私は負けた。突発的な弁当熱に負け、ふらふらと弁当箱を買い求めていた。買ってみればやっぱり、うれしいのである。しかも今の弁当箱はたいへんにかわいらしい。私が学生のころは、こんなにかわいい弁当箱はなかった。いや、あったのかもしれないが、当時大食いだった私は、巨大なタッパーウェアみたいな弁当箱を用いていた。かわいい弁当箱を買ってしまった理由のひとつには、そのころの反動もあったのかもしれない。

そして翌日、弁当用にごはんを炊いたはいいものの、おかずを作るのはさすがに面倒だった。「いいや、ごはんだけで」と、真新しい弁当箱にごはんだけ詰め、仕事場に向かった。昼、近所の総菜屋でおかずだけ買ってきて、ひとりもそもそと食べた。果たして、弁当箱を買った意味はあるのか否か、極力考えないようにして。

〈ほっかほっか弁当〉他抄　●　洲之内徹

すのうち・とおる
1913年愛媛県生まれ。美術エッセイスト、画商、小説家。小説「棗の木の下」などが3度にわたり芥川賞候補に。画廊経営を引き継ぎ、『芸術新潮』にて「きまぐれ美術館」の連載を開始。亡くなる直前までの14年の長期連載に。おもな著作に『絵のなかの散歩』、『帰りたい風景―気まぐれ美術館』ほか。1987年没。

絵とはあまり関係のない話で申訳ないけれども、いまここで、いつか書いておきたいと思っていた幅尚徳さんのことを書かせてください。その人は昨年の秋亡くなったが、私のアドレスブックには、長野県東筑摩郡明科町南陸郷という、おそらくもう使うことのないその人の住所が、消さないでまだそのままにしてある。

はっきりしないがたぶん十年くらい前、私は車で、それまで通ったことのない国道十九号線を通って、名古屋方面から長野へ行った。中央高速がまだ中津川か恵那あたりまでしか開通していなくて、そのどちらかのインターで高速を降り、十九号線に入ったはずだ。小雨が降っていて、そのうえ途中で夜になり、初めてその道路を走る者にとっては、国道十九号線は怖い道であった。行く手に小さな鉄橋が現れ、その鉄橋を渡るものだとばかり思っていると、鉄橋の直前で上下車線が二つに分れ、私の走っている方の車線は鉄橋の外側を廻っていたりする。トンネルが狭くて、おまけに真暗で、そこへ向こうからトラックのライトが迫ってくる。避けようと思っても、どこまで左に寄れるか分らない。信州新町の手前あたりで、それまで犀川《さいがわ》沿いに走っていた道路が不意に、殆ど直角に左折して川を渡るのだが、カーブの直前にくるまでそれに気が付かない。一昨年だったか、名古屋から志賀高原へ行く夜行のスキーバスが犀川に顚落し、大勢死者を出した事故のあったのがそのカーブだ。

　たぶん、私はずっと口で呼吸しながら運転していたのにちがいない。明るく灯の点いた信州新町のドライブインで車を停め、ほっとして（長野の方からは何度もそこまで来たことがある）、名物の羊の焼肉で晩飯を食おうとしたが、咽《のど》がカラカラで、すぐには飯が食えなかった。

日本中に、こんな恐ろしい国道が他にあるだろうか、と、その二、三ヵ月後の〈気まぐれ美術館〉に私は書いた。なんという題で、どういう話の中に書いたか思い出せないので、どこへ書いているか、急には探しようがないが（従っていつのことだったかもはっきりしないのだが）、とにかく、その号の雑誌が出てしばらくすると、この原稿の最初に書いたあの住所で、幅尚徳という人から手紙がきたのだ。自分の家は国道十九号線の傍で、藁葺《わらぶ》きの屋根が国道から見える、老夫婦二人でそこで暮らしている、こんど十九号を通ることがあったらぜひ寄ってくれ、というのであった。

最初そんな怖い思いをしたにも拘らず、十九号線は、その後、私がいちばんよく通る国道の一つになったが、しかし何度通っても、幅さんの家へは寄らずに通り過ぎた。別にこれという用があるわけではない。それに、私は人見知りをする方で、子供の頃からこれは直らない。明科《あかしな》という地名は、例の幸徳秋水の大逆事件で死刑になった宮下太吉がそこで爆裂弾を作り、どこかその辺の山の中で、町の祭りの花火の音でゴマカして試験をした土地として私は記憶している。だが、それも夢の中の出来事のような話だ。

ときどき手紙を貰った。本を送ってもらったこともある。鎌倉の近代美術館の館長室が本館正面一階の右の端にあった頃、私は土方（定一）さんのところへ遊びに行ってよくそこへ行ったが、あの館長室は資料室の中を通って出入りするようになっていて、ある日、その資料室の机の上で私は小崎軍司氏の『山本鼎と倉田白羊』を見掛け、出版元をメモして帰って注文した。長野市の新聞社の発行だったと思う。非常に面白かったので、読んだその本を誰かにやり、更に何冊か注文して、それも次々と人にやり、二度か三度に亘って二十冊くらい取寄せたが、それもやってしまってからまた注文すると、絶版になったとかで、結局私の手許には一冊もないことになった。私がまだ小崎さんを識らない頃のことだからだいぶ昔のことだ。

そういう話を、これまたいつのことか思い出せないが、私は〈気まぐれ美術館〉に書いていて、それを読んでいたらしい幅さんから、あるとき、その本を松本の古本屋で見付けたから送りますといって送ってくれたのだ。曾宮一念氏の『榛の畦みち』を送ってくれたこともある。曾宮さんの本を送ってくれたのは、私がいつか、やはり〈気まぐれ――〉の中に曾宮さんのこと、新潟の蒲原平野の榛の木のことを書いたのを幅さんが読んでいたからだろう。何をする人かしらないが本の好きな人らしい。

　私が幅さんの家へ寄ったのは三年くらい前だったろうか。月日の流れがむやみに速くなったこの頃では、三年と思っても、実はもう一年か二年前かもしれないが……。その日は私は長野にいて、そこから名古屋へ行こうとしていたのだが、いつになく長野を発つのが早かった。明科を通りかかったのがまだ午前九時頃だった。中央高速は全線開通していて、塩尻から高速に入れば名古屋には午後一時か二時には着くだろう。そんなに急いで行くことはない。それよりも、いつものとおり十九号線を通り、奈良井宿あたりで休んで行くかなどと考えながら走っていたが、そうだ、この機会に幅さんを訪ねてみようと思った。

　そう思ったときには明科の町を半分くらい通り過ぎていたかもしれない。道端を自転車を押して歩いている人がいて、その人に南陸郷はと訊いてだいぶ後戻りし、そのあたりでもういちど訊いて、この先の火見櫓のところで左へ曲ると塀に瓦が載っている家がある、その家だと教えてもらった。「塀に瓦が載っている」というのは、このあたりでは大きな家だということだろう。

　門の前に車を停めると、ちょうどそのとき、門の中から、折鞄を抱えた老人が出てきた。私は車を降りた。

「幅尚徳さんでしょうか、私はときどきお手紙を戴く東京の洲之内ですが」

「洲之内さんか、よく来てくれましたね、さ、入んなさい」と、老人はクルリと廻れ右をして引返そうとするので私は訊いた。

「お出掛けなんじゃないですか」

「いや、こんな用事いつでもいい、明日でいいんです、とにかく入ってください」

私が道路の反対側の、古い丸太なんかの積んである草地に車を突込んでおいて、あとから門を入って行くと、老人は玄関の前に、ひとりの年寄りの女の人と並んで立って、私を待っていた。この人が手紙にあった「老夫婦」の奥さんの方かな、と私は思ったが違っていた。奥さんは昨年亡くなり、近所に住んでいる幅さんの妹が、こうして折々きて身の廻りの面倒を見てくれるのだと、玄関を上がって奥の座敷へ行きながら幅さんは私に説明した。

広い家だった。奥の座敷、といま書いたのは、その前に八畳くらいの座敷を一つ通り抜けたからだが、そこには革張りのソファの応接セットが畳の上に据えてあり、部屋の二つの隅の本棚には本がいっぱい詰っていた。通された奥の座敷は築山のある庭に面していて、池には鯉が泳いでいる。その向こうに母家から鉤《かぎ》の手に延びた一棟があって、そちらこちらの縁側が渡廊下で続いている。

「この頃は訪ねてくださる方もなくて、兄は淋しがっています、今夜は泊って行ってください」と、お茶を運んできた妹さんがいきなり言う。もうその気でいるらしい様子に私は慌てた。私は名古屋へ行く途中、ちょっと時間があるので寄っただけなのだ。私がそう言うと、

「ここは冬は寒いが、夏は涼しくていいですよ。この次はそのつもりで来て、一週間でも十日でも泊ってください」

と、幅さんは言うのだった。欄間に中村善策の油絵が掛っていた。訊いてみると、中村氏は戦争中、この明科に疎開していたらしい。

幅さんはすこし言葉が不自由なようであった。その不自由な言葉でもどかしそうに説明してくれたところでは、去年、屋根をトタンに葺き代えたが、数日続けて炎天下に屋根に上がっていたのが原因で脳卒中を起こし、一年近く寝ていたのだという。そういえば、この家の屋根は、手紙に書いてあったような藁葺きではない。

ほんの三十分か一時間のつもりが二時間以上になり、振り切るようにして暇乞い

したのは午後過ぎだった。妹さんにも挨拶しようと思ったが、妹さんの姿が見えなかった。降り立った玄関の前庭に、眼に染みるように赤い花が咲いていて、私は幅さんにその名前を訊いたりしたのだが、聞いた名前を忘れてしまったので、あれはいつ頃だったのか、季節も思い出せない。

「ぜひ、また来てください」

「では、また」と、口に出かかった言葉を私は嚥《の》み込んだ。不意に、私は、もうこの家を訪れることはないだろうと思ったのだ。一期一会という言葉が胸に浮かんだ。幅さんはいくつ位か。私よりも二つか三つは上らしいが、いずれにしても、どちらも申し分のない老人である。明日のことは分らない。

ところで、門を出て、私が車を国道の方に向けようとバックさせていると、「洲之内さん、明科の駅前を通るでしょう、私を乗せて行ってください」と、幅さんが言う。

「いいですよ、どうぞ」

私は先程、幅さんが折鞄を抱えて出掛けるところだったのを思い出し、その用事でそちらの方へ行くのだろうと思ったが、幅さんは鞄を取りに戻るふうもなく、私が開いたドアーから、突っかけたサンダルのままで車に乗ってきた。

　駅までくると、幅さんは、ちょっとここで待っていてくださいと私に言い、私は小さな駅前の空地に車を停めた。待ってくれというのは、ここで何か一つ用事を済まし、そのあと、もう一つ別の用事で行くところがあるのだろうと私は思ったが、私を待たせておいて幅さんはなかなか戻ってこない。だいぶ経って、商店の並んだ通りの方から白いビニールの袋を提げた幅さんが現れ、私が開けようとする車のドアーを外から押さえて制し、窓を開けさせて、そこからその袋を私に手渡した。

「今日はせっかく来てもらったのに何もお構いできなくて……、これ、昼食代りに食ってください」

　袋をのぞいてみると〈ほっかほっか弁当〉だった。他にビニールの袋入りの一口シュークリーム。何ともいえない気が私はした。これが土地の名物か何かだったら、私はこんな気持にはならなかったろう。感動したのだ。

「ありがとうございました」

　私は心からそう言って窓越しに頭を下げ、車を発進させた。この弁当はあだやおろそかには食えないな、と私は思った。奈良井で旧道に入って川を越え、宿場の中の湧き水の傍で私はその弁当を食った。

どうしても書いておきたかったのはこの〈ほっかほっか弁当〉のことである。なぜか分らないが、いうなればこれが私の信仰なのだ。幅さんが私に〈ほっかほっか弁当〉をくれた、こういう一瞬の中にだけ、何か、信じるに足る確かな世界がある。明科の駅前で貰った〈ほっかほっか弁当〉で、いつまでも、私は幅さんを忘れることはないだろう。

お弁当 ● 南伸坊

みなみ・しんぼう
1947年東京都生まれ。イラストレーター、装丁家、エッセイスト。赤瀬川原平氏に師事、デザイナーを経て、青林堂に入社。『ガロ』の編集長として「面白主義」を掲げ一時代を築いた。のちフリー。おもな著作に『笑う写真』、『本人の人々』、『黄昏』（共著）など。

「おべんと入ってんだからマッスグ持って！」といわれるのである。

時々、弁当を持たされる。これはありがたい。外食は時間が限られて、私が出かけられるような時間には、気に入ったものを食べられる店が少ない。

コンビニの弁当は、ちょっとさみしい味がする。

だから弁当には賛成なのである。

が、弁当の入った自分のカバンを、まるで時限バクダンかなんかを搬送するみたいに細心に運ばないといけないのは
「いかがなものか?」と思っていたのである。

中学生の頃、弁当はカバンに教科書と同じように無造作に入れたものだ。当然、フタをあけると、どっちかに寄っている。

「そういうものだ」と思っていたから、そういうものだったのである。

弁当を作ってくれた母も「そういうもの」派だから、おかずをどう配置するか「悩んだ」形跡はなかった。

ひきくらべると、たしかにツマの弁当は「盛り付け」に工夫がしてある。色どりにグリーンアスパラやサヤエンドウ、ニンジンやプチトマト、といったものが添えてあって見た目にキレイに、おいしそうになっている。

それが、どっちかにズレていれば、私はもともとの状態を想起して、いいじゃないのなかなか、ここがこうなってたんだよな、とかハシでなおしたりすることもある。

が、いずれは全部たいらげるのである。とも思っているのだった。

「ともかくさ……」とツマは言った。

いっぺん自分で入れてみよというのである。

レイアウトと配色は、私の本職である。ニンジンのオレンジ色と、サラダ菜の若緑は反対色で映える。そこに卵焼きの黄色がきたりすると、ますます食欲をそそるだろう。

鮮やかな色があると、しょうゆやコゲ色のついた、肉や魚の「うまそー」な感じもひきたつというものだ。

今日は、私がそれをやっているのだ。スペースが決まっているから、となりあう配色だけの問題ではない。

こっちをつめれば、こちらが入らぬ、かといってムリにつめれば、うまいものもマズくなる。ちょうどいいあんばいにつめるとなれば、ちょっとした装丁デザインをするくらいにアレコレ思案が必要なのだった。

つめ終わって、バンダナに包み、渡しながら私は言った。

「水平を保って、かたよらないようにしてくれたまい！」

弁当恋しや ● 阿川弘之

あがわ・ひろゆき
1920年広島県生まれ。小説家、評論家。東京帝国大学卒業後、海軍に入隊。終戦後、志賀直哉に師事し『春の城』でデビュー。『山本五十六』、『米内光政』、『井上成美』などで、戦記文学という分野を確立した。1999年文化勲章受章。2015年没。

不思議な偶然といふのは、不思議にもう一度続けて起る。生涯に何遍かその経験をしてゐる。

今回弁当の話を書かうと思つて、あれこれ考へてゐるうち、「腰弁」といふ言葉が頭に泛《うか》び、これを誰か小説家が作品の中で使つてゐないかと、あたつてみたら、国木田独歩に用例のあることが分つた。

先月、独歩の名前を出したばかりである。舞鶴名物の古い海軍食「肉じやが」と、独歩の短篇「牛肉と馬鈴薯」、両者の間に直接の関係は何も無いけれど、肉じやが創りの提案者東郷平八郎提督が初代長官として舞鶴鎮守府へ着任したのは、独歩が此の小説を発表したのと同じ明治三十四年秋、不思議な偶然だと書いて、前回の話を了《お》へた。その文筆家が今月、のつけに又立ちあらはれたのである。私は独歩の愛読者ではない。作風や文体に、格別深い関心も持つてゐなかつた。妙な気がするのだが、余談は其処まで、「腰弁」について国木田独歩は何を言つてゐるか。

未完の長篇「暴風」の中で、主人公の弟今村幸一の境遇を、

「十八で学校を止め文部省の雇に出て月給十円から腰弁の第一歩を踏み出し」

かう叙してゐる。要するに、今村家が貧しかつたことの説明である。毎日弁当を提げて勤めに出るのは、明治四十年当時すでに、安月給取の典型的な生活様式だつたらう。ところが、私にはそれが羨ましい。明治の腰弁が食つてみたい。下つぱ役人の悲哀を感じ取れないのかと言はれても困る。何処へも出かけぬ毎日なので、他人の弁当箱の中身が、今昔を問はず緑色に見えて仕方が無い。

散歩の途中、家の建築現場で作業員たちが昼の弁当を使つてゐる場面に行き合ふ

と、旨さうだなあと思ふ。おかずは何か、ちよつと覗きこみたくなる。一度、じろりと睨み返された。

　本を読んでゐても、「弁当」の二字でつい引つかかる。独歩が亡くなつて八十年後世に出た出久根達郎さんの近著「書棚の隅っこ」、これは本のことを書いた本なのに、やはり「弁当」のところで引つかかつた。戦時中に生れ、「貧困家庭の子だった」著者は、小学校時代、ほとんど弁当を持たずに登校した。

「たまに母が弁当を作ってくれることがある。麦飯に、シソの実の塩漬けをまぶした弁当だった。麦飯では恥ずかしかろうと、飯を隠すように一面にふりかけてある。フタを開けると、シソの香りが強くただよう」

　つらい思ひ出として語つてゐる出久根さんに悪い気がするけれど、「そいつは案外旨さうだぞ」と、先づそちらの方へ頭が行く。何しろ、少年期が終つて以後、敗けいくさのあとの我が大貧困時代も含めて、弁当と縁が無い。

　そのまま国は段々復興し、うちの次男が中学生になつた昭和五十年頃、世の中もう、貧富にかかはらず、麦飯弁当の時代でなくなつてゐた。毎朝母親に、炊き立ての白い御飯で弁当を作つてもらつて、息子が学校へ出かける。飯には胡麻塩が振りかけてあつて、菜は牛肉の佃煮、ピーマンの細切りの油いため、卵焼の小さなのが二つ、沢庵三切れ添へ、それを、仕事で徹夜明けの私が眺めてゐる。

「俺にも、死ぬまでに一度、ああいふ弁当作つてくれないかなあ」

「又いやがらせを仰有る。あんな物でよければ、いつでも作りますけど」

とは言ふものの、作つたためしが無い。私の方も、無理に作らせたとして、それを持つて何処へ行つてどう食べるのか思案が成り立たない。結局、弁当を鞄へ入れて家を出るといふ生活と無縁のまま、以来二十三、四年の歳月が過ぎた。その前から数へると、五十余年の歳月が過ぎた。

弁当恋し弁当なつかしの此の思ひは、文筆業者で学校勤務会社勤務を兼ねてゐない人なら、誰しもある程度持つてゐるのではなからうか。吉田健一さんを、私は個人的に識る機会無しで終つたが、大変な食ひしん坊だといふことは承知してゐたし、それらしき挙措を他処ながら垣間見た古い記憶もある。

昭和三十年前後、銀座ローマイヤの各種ソーセージ、アイスバイン、芋サラダ、酢キャベツなど、ドイツ風の食品が未だすこぶる佳味珍味とされてゐた頃、店の前を通りかかつたら、吉田さんがガラスケースの中を、一心に、傍目もふらず眺め入つてゐた。腰を少しかがめ加減に、左の掌を右の頬にあて、髭剃りあとのざらざらでも撫でさするやうな恰好しながら、どれが旨いか、どれ買はうか、とつおいつ迷つてをられる様子が、舌なめづりを抑へかねてゐるかの如く見えた。その吉田健一さんに、やはり弁当を語つた文章がある。

「子供の頃に駅弁を買って貰って旨かったのが、大人になるとともに薄れず、駅弁を買うのを旅行の楽みの一つに数えることが出来れば、そういう人間は健康であって（中略）、駅弁などまずくて食えないというような通人の仲間入りを我々はしたくないものである」（中公文庫「舌鼓ところどころ」）

御説ごもつともなれど、汽車で旅する時の駅弁くらゐしか、弁当を食べる機会を持ち得なかつた人の、弁当憧憬《しようけい》の口吻を感じる。

何百個も大量生産の「駅弁」と、一つ一つ家で作る「腰弁」と、比較するなら後者の方が私には好もしいけれど、汽車弁当も嫌ひではない。少年時代は夢中であつた。あの、へぎの匂ひからしてよかつた。今、我が家でよく口にするのは、鰤の照焼や鰆の味噌漬を出されて不味かつた時、

「これだつて、焼魚として駅弁に入つてりや、お、旨い、此の駅の弁当中々上等だ

と、魚の点数上がるんだらうがな」

ただ、駅売り弁当も、関東と関西では西の方に旨いのが多い、——やうな気がする。多分、伝統的にさうなのである。

瀧澤馬琴の著作の一つに上方旅行記があつて、その中に京大坂の芝居小屋のこと、観客の弁当のことが書きとどめてある。正確には『曲亭馬琴遺稿 壬戌羇旅漫録全三冊』のうち、第六十四節「四条の芝居」、「弁当は如レ此ろぬりのべんとうばこへ入れこれへ椀をそへて持て来る」と、立派な蠟塗の弁当箱を絵で紹介し、「凡芝居の弁当に焼飯握りめしはなし」、さう続けてゐる。

江戸深川に生れて、それまで京師へ遊んだ経験の無かつた馬琴は、歌舞伎見物の際、庶民の弁当と言へば焼むすび程度のものと、長年心得てゐたのであらう。それが、都の老幼男女、上質漆器の弁当箱へ鯛の塩焼きだの大根なますだの、旨さうな物を一杯詰めて持つて来てゐるので、びつくりしたのだらう。

もつとも、馬琴が見て驚いた上方芝居の弁当は、昼飯用なのか晩飯用なのか、二食分なのか、そのへんのところが、『羇旅漫録』を読んでもよく分らない。大体、

「弁当」といふ日本語、英語（又はフランス語ドイツ語）に訳しにくいのではないか。ケンブリッジで英文学を専攻した吉田健一さん健在なら何と翻訳なさるか。試みに和英辞典を繰つてみると、「lunch;luncheon」、野外で食べるのが「a picnic lunch」、駅弁のやうなのが「a box lunch」と、概ね昼の簡便食の感じで出てゐるけれど、私ども日本人にしてみれば、歌舞伎座の夜の部で註文する幕の内も弁当であり、夜汽車の窓から買ふのも弁当である。

講談社の『カラー版　日本語大辞典』は、殆どの名詞動詞形容詞に、それと対応する英語を一つ添へてゐるのが特色だが、「弁当」ではたと困つたらしい。「へんとう〔返答〕reply」、「へんどう〔変動〕change」の次、「べんとう〔弁当〕」には横文字が添へてない。ボックスランチ即ち弁当とは言ひにくかつたに違ひない。

「おい、あしたは弁当作つてくれるんだらうな」

当然そのはずだぞと、胸張つて言へるのは、海外旅行に出かける前の晩である。

「お弁当作りより荷造りの方が未だ片づいてないのよ。今度は機内食で我慢して下さいよ」

と拒否される場合もあるけれど、三度に一度は女房自身その気になる。飛行中出る食事の不味いのを知つてゐるから。

かくて当日は、亭主も手伝ふ。米を研いで、暫く水に浸して置いて、ガス釜の火をつけ、炊き上がつたらよくむらして——、何しろ一年数ヶ月ぶりの弁当、次はいつ食へるか分らぬ弁当と思へば、気が浮き立つて来る。次男が中学生の頃、毎日見せつけられて羨ましがつてゐたあれとほぼ同じ内容だが、もう少し念入りに、もう少し贅沢に拵《こしら》へる。

外側黒塗り内側朱色の弁当箱に、炊き立ての白い飯を詰めて、まん中に梅干を一つ埋めこむ。端の方へ少量、大阪錦戸の「まつのはこんぶ」を散らす。あとは胡麻塩の振りかけ。おかず入れの方に牛肉の佃煮、市販の品は不可、うちで選んだ赤身の肉を、たつぷり生姜入りで今の今煮込んだもの。卵焼は、だし巻の方が好きなのだが、普通の卵焼のやはらかいので我慢する。弁当の味は濃い目でなくてはならず、だし巻は薄味がよく、どちらを主に考へるか迷つて、大抵いつも卵と調味料だけの卵焼に決まる。塩鮭を一と切れの三分の一、「コレステロールの数値が高過ぎます。塩分と動物性の脂肪を控へるやうに」、医者に言はれたばかりだが、此の際そんなこと、構つてをられるか。

莢豌豆《さやえんどう》の茹でたのを、白い御飯の方へやや寄せかけ、菠薐草《ほうれんそう》のおしたしを小さな銀紙の容器に入れて、色の取り合せからも此処へ飛騨の赤蕪《あかかぶ》漬が加はるといいが、無ければひね沢庵。

「あまり盛沢山だと、正月のおせちのやうだつて、あとで必ず御不満が出るわよ」

それはさうかも知れないけれど、もう一と品か二た品欲しい。長州仙崎のかまぼこと、きんぴら牛蒡《ごぼう》を、むつと来ない程度の量、詰め合せる。

用意万端とのひ、勇んで家を出かけたる老夫婦が、成田離陸後、ジャンボ機の片隅の狭い座席で、ごそごそ風呂敷包みを解いて弁当二つ取り出すのは、客室乗務員に対し、いやがらせをやつてゐるやうで、多少気がさすが止むを得ない。

ちやうど、ベルトのサインが消えて食前酒のサービスが始まり、スチュワーデスが、

「御夕飯のチョイスはどちらになさいますか」

と聞きに来る頃である。

「ええと、さうね。どちらも要りません」

「は？」

「実は自家製の晩飯を持つて乗つてゐるんでね。ビール一本と日本酒の燗したのを一つ、あとで日本茶」

気の弱い女房が、「わたし、前菜だけいただくことにするわ」と言ひ出すのを、「馬鹿、折角の弁当が不味くなる」、はたへ聞えないやう叱りつけて置いて、やをら黒塗りの弁当箱を開く。色どりが大変よろしい。卵焼の濃い黄色、かまぼこの白、梅干の赤、塩鮭の赤、野菜の緑、その容器の銀色、黒く細い錦戸の塩昆布、牛肉の佃煮の佃煮色、初め「変な客」と不審顔だつたスチュワーデスが、二度目の通りすがり、必ず足をとめてにつこりする。

「まあ、美味しさう」

考へてみれば、機内食に一番うんざりしてゐるのは彼女たちで、他人の弁当を羨ましく思ふ気持ちは、私ら同様かなり強いと察しられる。事実、誰が作つたのであらうと、弁当の旨いのはほんたうに旨い。

弁当 ● 八代目坂東三津五郎

はちだいめ　ばんどう・みつごろう
1906年東京都生まれ。歌舞伎役者。1913年三代目坂東八十助として初舞台、1962年八代目坂東三津五郎を襲名。『戯場戯語』、『歌舞伎　虚と実』、『歌舞伎　花と実』を著す一方、美食家としても知られた。1975年没。

弁当というと今の人は汽車弁、駅弁をすぐ連想するが、私の子供のころは芝居につきものだった。役者の後援会で見物に行くと、「かべすつき」といって菓子と弁当とすしがついている。芝居の時間が長いから一食分の弁当だけでは足りずに、すしがついていたのだ。

芝居には必ず弁当屋が劇場の近くにあって、並弁、上弁、特弁というのを作っていた。劇場で働く者の食べる弁当も、香弁（たくあんと菜っ葉の漬け物だけ）が三銭、食い弁（野菜の煮物と魚のあら煮）八銭、卵焼き弁当十銭、刺し身弁当十五銭、並弁二十五銭、上弁三十銭、特上三重弁当五十銭。

下回りの役者は香弁、食い弁を食べていた。これも上等の方で、それ以下の役者は菜番を食べていた。菜番というのは、幹部の役者からわずかの金を寄付してもらって、それを菜番長になった役者が一日いくらと予算を立てて、それで毎日食事を楽屋で作る。昔は役者の家が劇場に近かったから、幹部の役者の家の残りものなどを

「菜番に持って行っておやり」

と内弟子にいうと、魚の頭など楽屋に持って行く。だから、かす汁とか、けんちん汁とかいったものができることもある。

下回りの古手の役者など、若い菜番の見習い役者に

「おい今日の菜番、おいしそうなにおいがするぞ。おれのところへ持ってこい。味を見てやる」

なんていって食べていた。そのころは楽屋で獣肉の煮炊きは禁じられていたので、

とん汁なんてものはなかったらしい。
楽屋で牛肉を食べたのは市村座では叔父の先代（十三世）勘弥が初めてだった。父が
「舎弟、楽屋で肉を煮ちゃあいけないよ」
といったら
「だってみんな洋食食べているじゃありませんか。兄さんかまいませんよ」
といったのを覚えている。そのころ洋食弁当というのが神田の万世軒というところから出前していた。それを初めて食べた時はうれしかった。食べ物にも身分で決まりがあって、名題役者になると食い弁は食べられない。下回りの役者は食い弁以上の弁当は食べてはいけない。だれかにおごってもらったのはかまわないが、仲間から
「お前食いつけねえものを食べてるじゃあないか、だれにゴマをすってせしめたのだ」
とやられるからおちおち食べられない。
私なぞけいこ場などで上等な弁当を食べていると

「ぼち公、うまそうなもの一人で食べないで半分残してこちらによこしな」

なんていうのがいた。けいこ場ではみんな集まっているので弁当も遠方から取り寄せて、うまいものを食べる。いくぶんみえもあったのだろう。神田川のうなぎを食べていたのが、エスカレートして京橋の小満津のうなぎを車夫に取りにやるということもやっていた。父はどんな時でも市村座の時は弁松の弁当、帝劇に出た時は初日から千秋楽まで天金の二重弁当、歌舞伎座の時は天國《てんくに》の天ぷらと竹葉のうなぎを一日おき、明治座の時は花蝶の天ぷらと玉秀の親子どんぶりと決まっていた。

父は食べ物は一つものがいく日続いても平気というより、枝豆が出たらなくなるまで、そら豆が出ると毎日、それも甘辛に煮たのが三食ともお膳にのっていないと、どうしたのと聞く。まぐろのトロの刺し身が好きで毎日四カ月続いた時には、こちらがまいってしまった。そのおかげで現在でも公害を食べようかなんていいながら私も食べているが、ぶつ切りや厚く切ったのはうれしくない。普通の刺し身のようにに切って、最後はまぐ茶で食べる。

お弁当…無責任時代の象徴　酒井順子

さかい・じゅんこ
1966年東京都生まれ。エッセイスト。高校時代から雑誌にエッセイを発表し、広告会社勤務を経て、フリーに。おもな著作に『都と京』、『金閣寺の燃やし方』など。2003年に刊行された『負け犬の遠吠え』は、社会現象になるほどおおきな話題となった。

先日、小学校の運動会というものを見てきました。知人の子供が小学生だったわけですが、なにせ彼は一人っ子。「せっかくの運動会の時くらい大勢で一緒にお弁当を食べたい」というその子の希望があったそうで、お呼びがかかったのです。

自分の小学生時代の運動会を思い出しつつ小学校へと向かった私は、まずその「今時の運動会」っぷりに驚きました。運動会でかかる音楽といえば、マーチで行進、ワルツでダンスというイメージだったのですが、今やアムロちゃんやダ・パンプ。ダンスの振り付けもお遊戯という感じではなく、今風です。

「時代は変わる……」という感慨を抱きつつ、お弁当の時間となりました。おむすび、卵焼き、鶏の唐揚げにプチトマト……と、大きなタッパーに彩り良くおかずが詰め込んであります。

そして私は、手作りのお弁当を食べつつしみじみ思ったのです。「ああ、誰かが作ったお弁当を食べるなんて、何年ぶりのことだろうか」と。

子供の頃は、運動会や家族旅行の度に、母親の手作りのお弁当を食べたものです。中学・高校時代も、毎日お昼はお弁当。毎日違うおかずを考える母親の苦労も知らず、当たり前のように私はお弁当を食べていました。

しかしそれ以降、お弁当を食べる機会はめっきり、減りました。出来合いのお弁当を食べることはあっても、それは自分のことを知っている人が作ったものではない。自分のことを知ってくれている人が、自分のために作ってくれたお弁当を食べる機会など、なくなってしまったのです。

お店でお弁当箱が売られているのを見ると何となく可愛くて、買いたい衝動に駆られるのです。しかしハタと、「でも私がこれを買っても、自分で自分のお弁当を作って詰めて食べるってことになるわけだしなぁ……」と思うと、何となく気分がしらけてしまう。お弁当というのは、誰かのために作ってあげたり、誰かから作ってもらうからこそ、おいしかったりするものですし。

実家へ行くと、私が高校時代に使っていたお弁当箱やお弁当用のお箸、スプーンなど今でも保存されています。兄が高校時代に使っていた巨大なお弁当箱もあって、「よくこんなに食べられたものだ」と感心する。

してそれらを見ていると私は何となく、「青春時代の遺品」という印象を覚えるのです。お昼休み、仲良しの友人達と机をくっつけて、お弁当を毎日食べていたあの時代。体重が気になって、小さなお弁当箱に替えてみたり、本来ならばおかずを入れる部分にご飯を、ご飯を入れる部分におかずを入れたりしたっけなぁ。

あの頃は、あくまで無責任に生きていました。「このお弁当を作るために母親がどれだけ早起きしているか」みたいなことは意識しなかったように、全てのことを何も考えずに享受していた。お弁当箱とは、まさにその幸せな無責任時代を象徴する物なのです。

その運動会において、コンビニのものではない「知っている人が握ったおむすび」を食べつつ、私は心の中で言いました。「この〝無償のおむすび〟を食べていられるのは、人生の中ではほんの短い時間でしかないのだ。少年よ、よく味わって食べなさいね」と。少年は、そんなことを知ってか知らずか、好きな物だけをモリモリ食べていました。彼が大人になっても、この幸せなお弁当の記憶を失わなければいいなぁと思いつつ、私も二個目のおむすびに手を伸ばしたのでした。

（このエッセイは、二〇〇〇年に発表したものです）

むすび ● 野上彌生子

のがみ・やえこ
1885年大分県生まれ。小説家。夏目漱石門下生の野上豊一郎と結婚。漱石のもとで小説を書きはじめ『ホトトギス』に「縁」を発表。おもな著作に『真知子』、『秀吉と利休』、『森』など。1971年文化勲章受章。1985年に99歳で亡くなるまで現役の作家を貫いた。

おむすびはいつ食べてもうれしい気がするが、これには童心への郷愁が交ってゐる。私の育ったころの九州の田舎町では、小学校の遠足でも海苔まきなど持って行くものはなかった。みんなおむすびである。家でこさってくれるのは、梅干を握りこむやうなそんな大きなものではなく、ほんのふた口ぐらゐで食べられる、ごま塩のついた焼きむすびで、それがまるで定規をあてたやうな三角形であった。かまぼこ、玉子焼、それに自家製のかりかりとかたい奈良漬などと食べるこのおむすびがなんとおいしかったらう。

母は女中たちに、きれいなおむすびを拵《こしら》へるこつをよく伝習した。親指をたて、残りの四本を直線の壁にして、おむすびの角を人差し指のつけ根からはづさないやうにすればよいのだといった。見やう見真似で私も人なみに握れる。そのせゐかただ円くおだんごのやうに固めただけのものは見る眼にも情けなく、食べる気にならない。

カナッぺやサンドウィッチは上手な奥さんお嬢さんでも、存外いまではおむすびを美しく三角に握れるひとは少ないのではないか知ら。訳のないことだから覚えておくと便利であらう。私の家では七八人もの御客さまの時には、普通の御飯の代りによくおむすびをだす。きれいなお重に結びこんでだしておけば、お給仕の手数が省けるのみではなく食卓の飾りにもなる。わけても謡会の時などは、台所の支度はそろってもうたひかけの一番がすまない限り食事にはならないから、おむすびにしておいて待ち、声がきれるや否や持ちだすのである。熱いのをふうふう握って、お重ごと毛布に包んでおけば冷めたくはならない。

また母の話になるが、風邪気味でものの味のない時には、おむすびを狐いろにこんがり焼いて、それを気ながくお粥に炊かせて食べるのを好まれた。私もこの真似をする。ごまとともに焼きむすびの匂ひがほのかに香ばしく、梅干か、塩こんぶをそへての食事はちょっと珍味である。

夜行

泉昌之

いずみ・まさゆき
久住昌之（1958年東京都生まれ）が原作、泉晴紀（1955年石川県生まれ）が作画を担当する漫画ユニット。美学校で出会ったふたりが『ガロ』に「夜行」を持ち込んでデビュー。劇画タッチの作画とこだわりのギャグが化学反応を起こして爆発的な面白さを生む。おもな著作に『豪快さんだっ！』、『ダンドリくん』など。

夜行
急 行

チラ
チラッ

ゴクッ
お……
サラ
サラッ

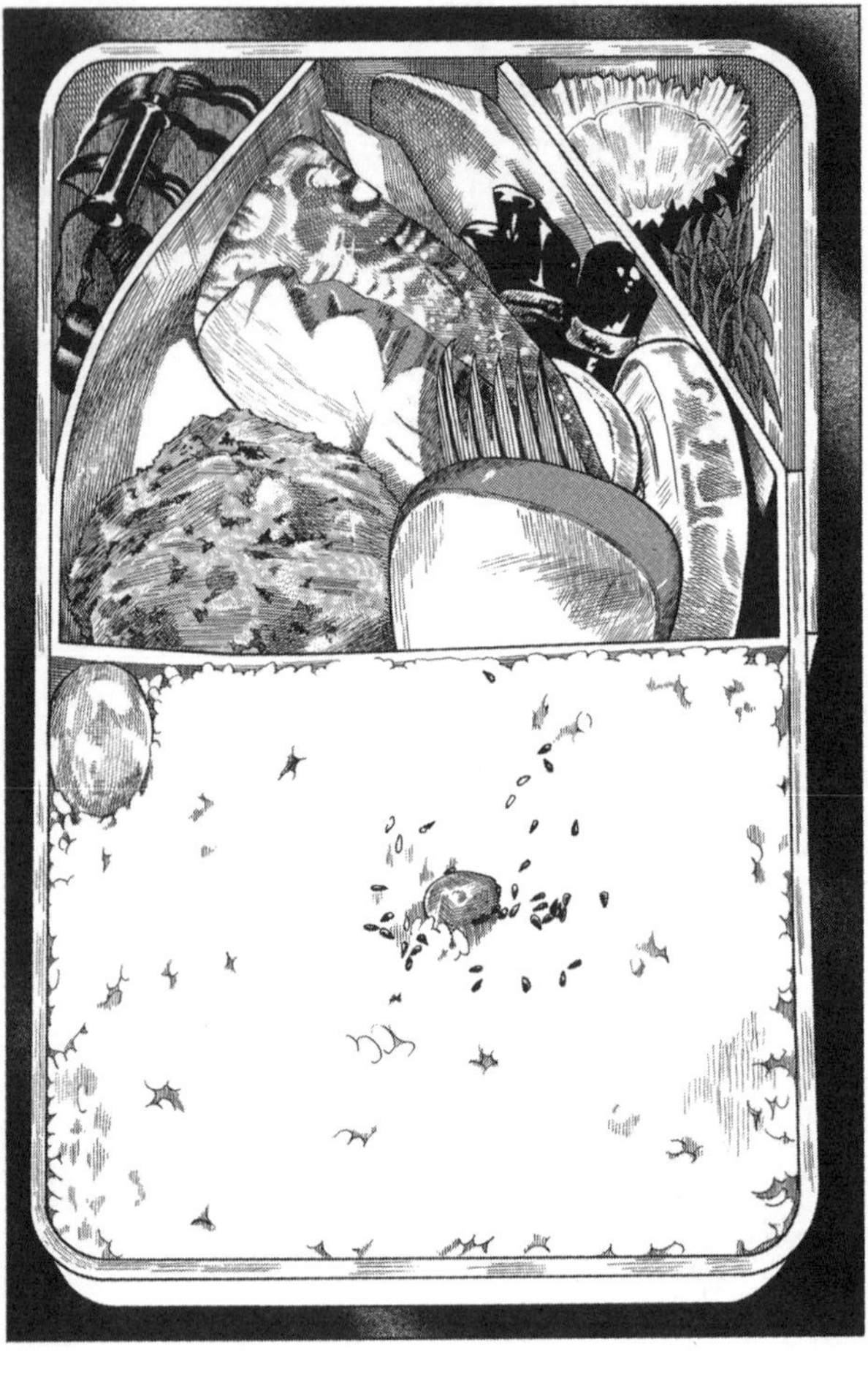

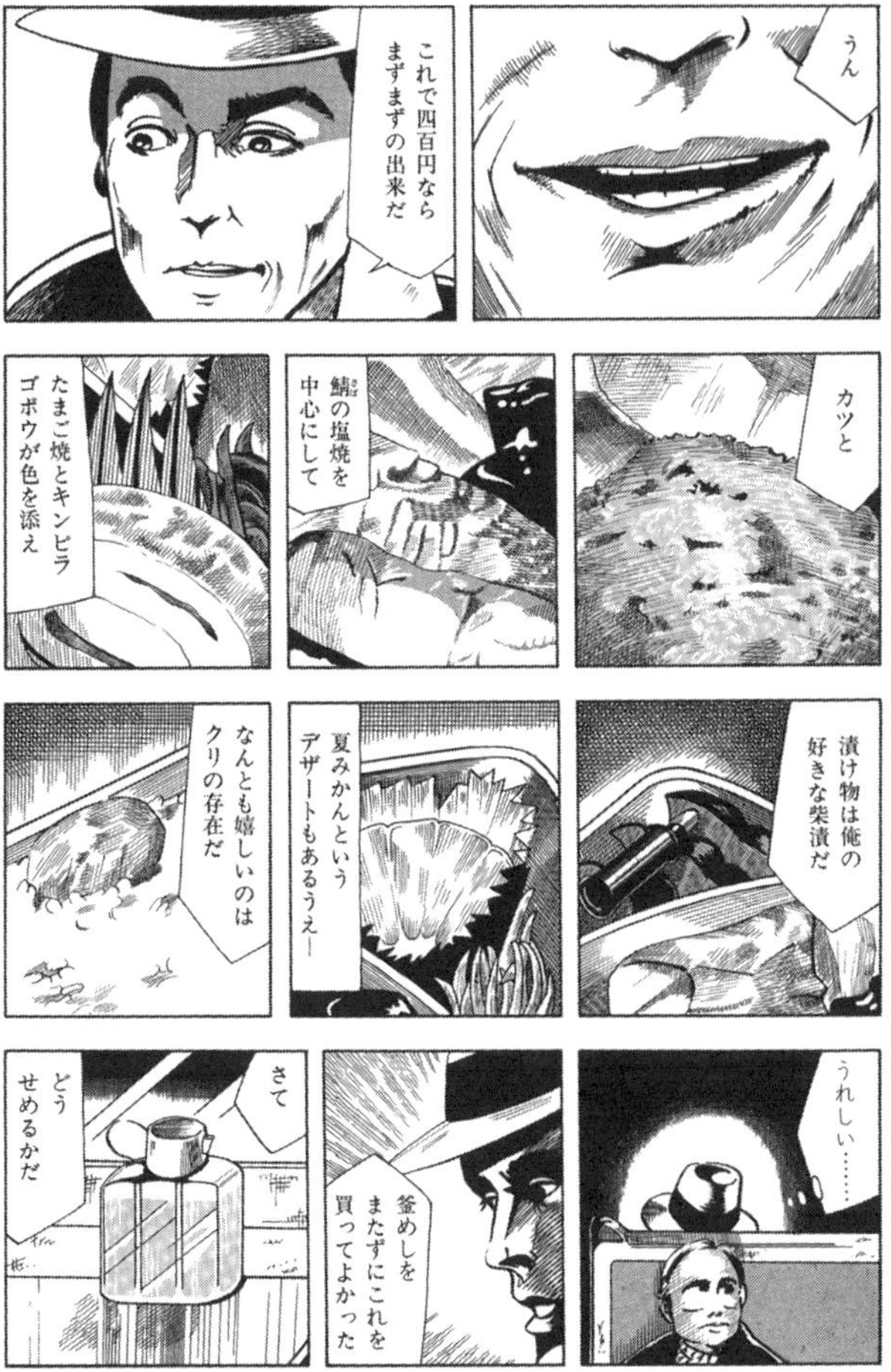
うん
これで四百円なら
まずまずの出来だ
カツと
鯖《さば》の塩焼を
中心にして
たまご焼とキンピラ
ゴボウが色を添え
漬け物は俺の
好きな柴漬だ
夏みかんという
デザートもあるうえ—
なんとも嬉しいのは
クリの存在だ
うれしい……
釜めしを
またずにこれを
買ってよかった
さて
どう
せめるかだ

漬け物に始まり
しば漬け
たまご焼
昆　布
さ　ば
きんぴら
かまぼこ
カ　ツ
と、いう流れを作って盛り上げていく方法もあるが………
さ ば
め し
カ ツ
と、いうように一つの軌道を作りその間に玉子焼、漬け物らをはさみ込んで行くという攻め方もある
しかし、いずれにしてもカツとサバがメイン・イベンターであり、それをドラマチックに喰いたいわけだ………
めし（ごま付）
○カツ
○サバ
●たまご焼
●きんぴらごぼう
・昆 布
・漬け物
・かまぼこ
・引き立て役
キャベツ
うめぼし
パセリ
みかん・くり
そこさえしっかり押さえておけば
これだけの役者が揃っているんだし
なんとかなるだろうて…………
あっ！

な、なんてこった……
まさに出鼻をくじかれた
感じだな……
不吉の前兆でなければいいが…
モチニクイ…
ま、いいや
イタダキマー
……アッ
しまった
うれしさのあまり
ついいつもの
くせが……
オフクロが憎い……
マサユキ、
食べる前に
イタダキマス
するのよ
チェ……

ともかく
漬け物からいこう
無難な味
めしも柔らかいぞ
そうしているうちにもカツやキャベツにソースをかける……と…フンフン♪
サバやたまご焼にしょう油も欲しい所だなぁ。しかし贅沢《ぜいたく》言ったらキリがない、と…
口の中がほのかにしょっぱいうちにたまご焼だ
ム………
うまい！

駅弁にしちゃ上の部だ
モグモグ
梅干しも良し
ポリ
俺ァキンピラが好きでなぁ
でもキンピラって
どこか田舎臭くってなぁ……
東京じゃテレ臭くて
赤坂でグラタン喰ってもどこか空しいもの足りない
やっぱり男は
キンピラゴボウょ!!
さて、サバだが……
……ム
パク

これはちょっと……
しょっぱい
しょっぱすぎる
ガタンガタン
ガタタタタ…
かといってここで
めしを喰いすぎると……
めしとおかずの均衡がやぶられ
めし
おかず

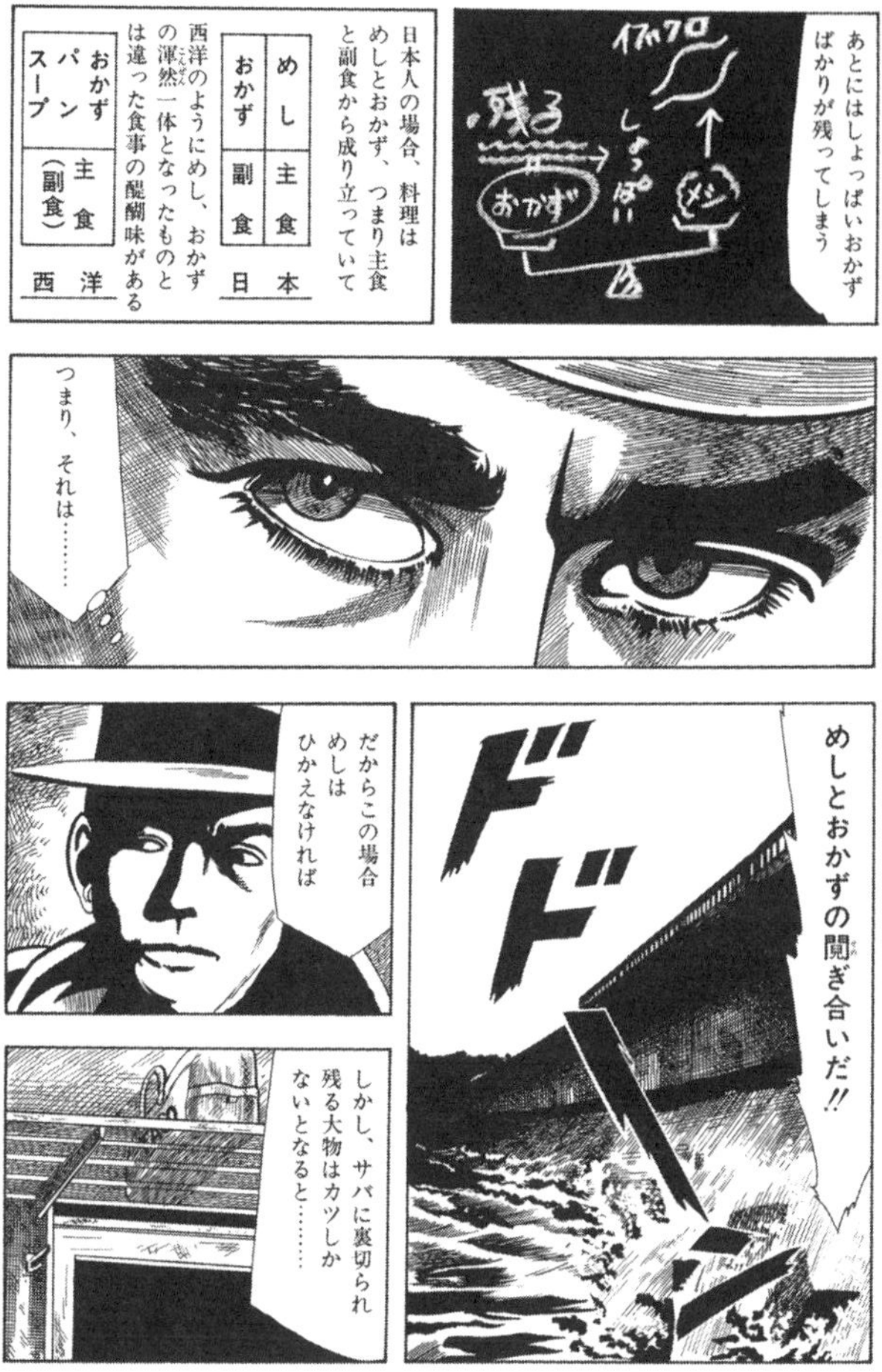
あとにはしょっぱいおかず
ばかりが残ってしまう
残る
しょっぱ!!
メシ
おかず
日本人の場合、料理は
めしとおかず、つまり主食
と副食から成り立っていて
日本
めし 主食
おかず 副食
西洋のようにめし、おかず
の渾然《こんぜん》一体となったものと
は違った食事の醍醐味がある
西洋
おかず
パン
スープ
主食
（副食）
つまり、それは……
めしとおかずの闘《せめ》ぎ合いだ!!
ドド
だからこの場合
めしは
ひかえなければ
しかし、サバに裏切られ
残る大物はカツしか
ないとなると……

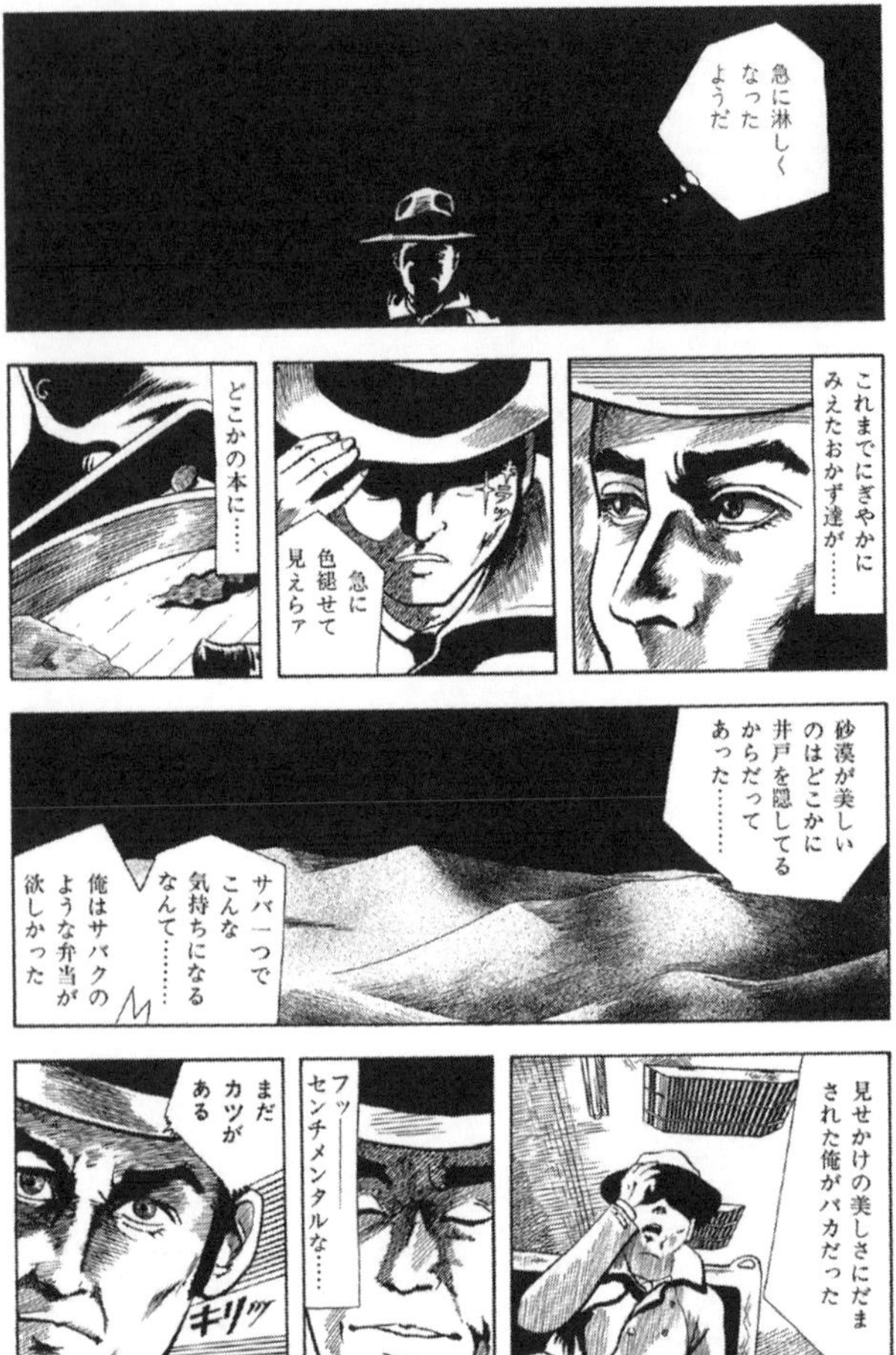

急に淋しくなったようだ
これまでにぎやかにみえたおかず達が……
急に色褪せて見えらァ
どこかの本に……
砂漠が美しいのはどこかに井戸を隠してるからだってあった………
サバ一つでこんな気持ちになるなんて………
俺はサバクのような弁当が欲しかった
見せかけの美しさにだまされた俺がバカだった
フッ
センチメンタルな……
まだカツがある
キリッ

カツを中心にして巻きかえしを謀り、一品中心体制に建て直す
カツ
みかん
くり
キンピラ
かまぼこ
昆布
漬け物
しかし、我々はすでにめしとの戦いに於いて……たまご焼とカマボコを失っている。キンピラも残り少ない
つまり残るはしょっぱいものばかりってことだ
めしをひかえるためあえて栗をめし側につけよう
そしてお茶で——
しょっぱさを溶かし……
ザコどもを片づける
めしは少しずつ
そうやって
ハングリーな喰い方をくり返しメシとカツとの感動的ともいえる出逢いの下地をつくっておくのだ

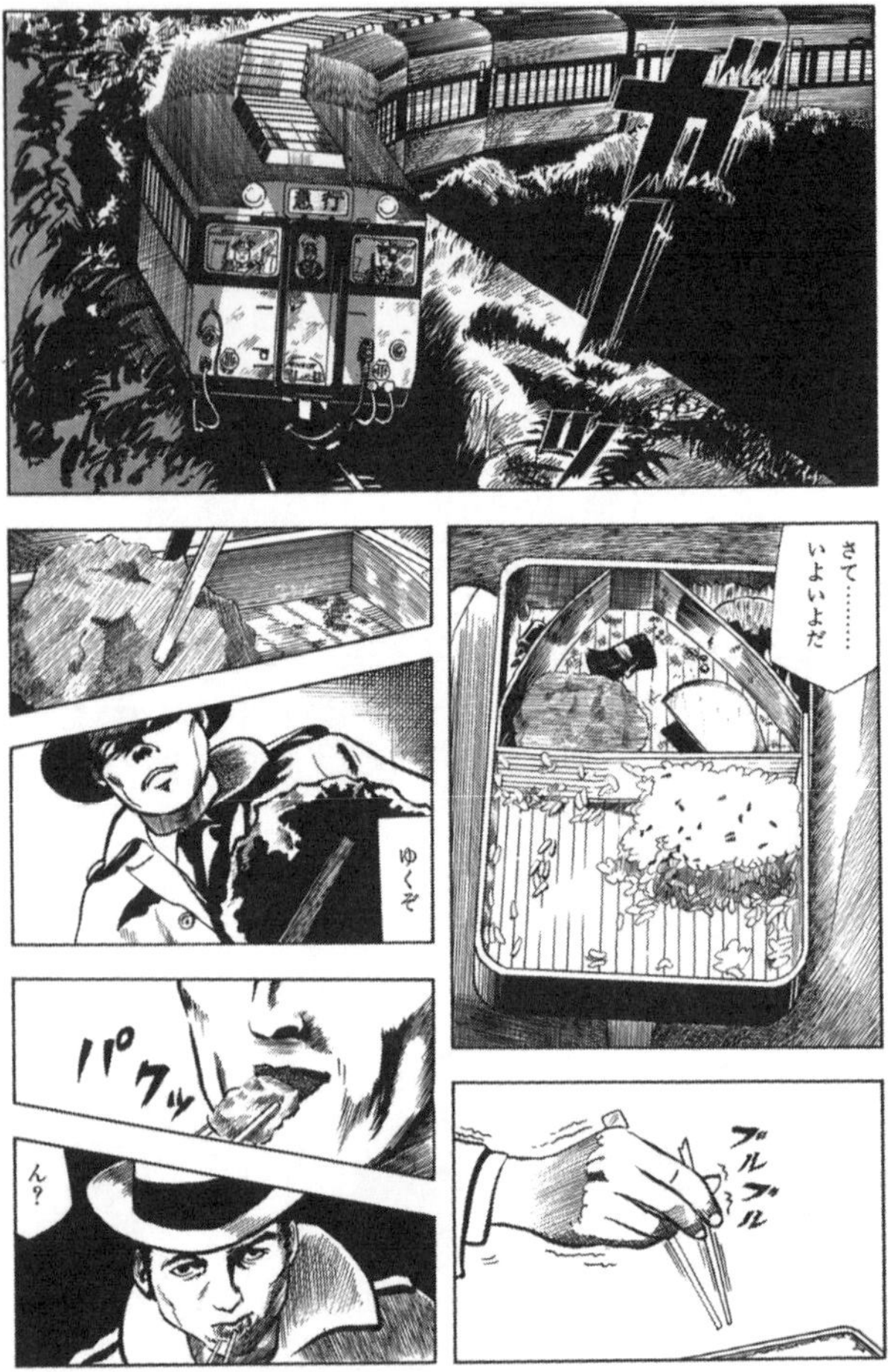
ガッ
さて……
いよいよだ
ゆくぞ
パクッ
ん？
ブルブル

ゲッ
これはニクじゃない
タマネギだっ!
なんてこった!!
クソッ
うう……
モグモグ
今まで
俺は……
ガッ
クソッ
クソッ
ううう……

こんな弁当買った
俺がバカだったんだ
釜めしまでガマン
すればよかったんだ
ギュッ
いや、どこかで
喰ってくりゃあ‥‥
うう、
旅になんて
旅になんて出なけりゃ
よかった
ウオオオ‥‥

'80.10

夜　行／完

母の掌の味

吉川英治

よしかわ・えいじ
1892年神奈川県生まれ。小説家。職を転々とした後、「剣難女難」で人気を獲得。新聞小説『宮本武蔵』は、爆発的なヒットとなり国民文学作家と称されるように。おもな著作に『新・平家物語』、『三国志』、『私本太平記』など。1960年文化勲章受章、1962年没。

近頃のお弁当には、よく幕の内と称するものがある。あれはお握りを上品にしたつもりだろうが、握り飯の部類には入れられない。およそ食味からいっても幕下の方である。

握り飯の美味さは、ぼくには、少年の日の郷愁と、又すぐ、貧乏な母親につながってゆく。どうもお互いは、食生活のやや豊な日に馴れてしまうと、ほんとの

〝米〟の味などは、つい忘れがちになるものらしい。

釜底の「お焦《こ》げ」と、ぼくらが称したものを、母がそれをオヒツへ移したついでの手で、すぐさっと手塩で握っては、子供らへ一個ずつ朝飯前の朝飯に分けてくれたオコゲのオニギリの如きは、近頃とんと、味わったことがないし、どこの家庭でも、やっているのを見たことがない。

茶の会席では、献立の竝《なら》ぶ最初から、ほんの少々、御飯を取り分けて、咀嚼《そしやく》する。あれは、飯も料理の一品として、味わうように仕向けてある方法である。——それと、献立も終ったあとで、少量の御飯をのこしておき、その御飯へ、湯桶《ゆとう》を掛けまぶして、お湯漬として食べるのも、会席の特長とされている。

塗の湯桶の中には、塩梅の白湯に、御飯のオコゲが多量に加えてあるので、たいへん香ばしく、満腹のあとでも、ついサラサラと一椀の湯漬が舌をよろこばせようという考え方。——この考え方も、按《あん》ずるに、むかしの食いしん坊だの茶人輩《ちやじんのやから》が、少年の日の味覚を郷愁して、オコゲのお握りなどから、着想をえたものではあるまいか。

ひと口に、お握りといえば、何でも御飯を握り固めて、上から浅草海苔でつつんでしまうのが、近頃のやり方で、ピクニックのお弁当も、高校生のも、競馬場の芝生で見かけるのも、ままこれが普遍的だが、それだけが握り飯でないことも、ちっとは知っていて、稀れには、ほかの工夫も、やって見たらおもしろいだろうと思う。

たとえば、味噌をしんに握り込めて、薄ッすらと上を焦がす焼きお握り。冬なら蕗《ふき》のとうを交ぜた蕗味噌を入れるとか、味噌その物だけでもよい。又、日の丸弁当と称する梅干入れは、誰でも知っているが、紫蘇《しそ》の粉を、御飯のうちから、すっかりまぶして握りしめると、香のよい桜色の、適度な味のおにぎりになる。

同様な方法で、アミの佃煮をまぶしたお握りも、ぼくは好きだった。鰹魚《かつお》ぶしでも、それをやるが、どうもお弁当にすると、それを開いたとき、くずれ易いのがきずである。いっそ、最初から、お弁当へ仕込むつもりの場合は、キザミ人参を加えた油揚げの御飯を炊いて、それを握るなどは、たいへん美味い。ただの茶飯でも変った風味のお握りになる。ぼくら子供が絶讃したのは、オコゲの茶飯お握りであった。それと、昨日の残飯を幾つも握って、母が早朝からモチ網にのせて付け醤油で焼き焦がしてくれた焼きお握り。あの醤油と飯の焦げ合う匂いがたまらなくうれしかったが、然し、近来の家庭では、そんな悠長な時間は持つまい。また、昨日の残り御飯を饐《す》えさせては、と苦労するような生活でもなくなった。
けれど、稀れには、握り飯はいいものだ。いまでも、ぼくは食慾のない日には、朝午《あさひる》を問わず、お握りを台所へ註文する。ごく小さく握ってもらう。そして生味噌に、新生姜か何かを添えて、机の端に載せてもらうと、結構、おいしく食べてしまう。

そんな時は、少年の日の胃ぶくろが、ふと、なつかしまれたりする。そしてお握りと云え、あの母親の掌で無造作に握られた飯粒の微妙な握り加減の巧《たくみ》さなども、考え出された。上手な酢司《すし》職人の手とおなじように、貧しい中に沢山な子を育てた母親の掌は、いつか、釜底のオコゲに一塩まぶして握る早業にも、熱い飯粒を、すばやく、米の香や味の逃げないうちに、適度に握りこなす技術にも、微妙な持ち味を、その掌に持ってしまったものだろう。

だから、握り手に依って、お握りも亦《また》、一様な物ではない。試しに、わが家のお勝手にいる面々にやらせてみると、女房の握るお握り、おばちゃんのお握り、女中さん達のお握り、みな加減が違うし、味もちがう。おかしい事には、各々の顔や性格のように、形までがちがっている。

手のひらに抱かれた米

筒井ともみ

つつい・ともみ
1948年東京都生まれ。脚本家、小説家、エッセイスト。主なテレビ「小石川の家」「響子」（向田邦子賞受賞）。映画「それから」「失楽園」「阿修羅のごとく」他。主な著作に『食べる女』『舌の記憶』『おいしい庭』など。近著は『もういちど、あなたと食べたい』（新潮社刊）。

初めての冒険旅行は、隣りのRちゃんの家の庭先で決行された。真夏のよく晴れた夕暮れ、Rちゃんの祖母が私たちを手伝って、庭土の平らなところに筵《むしろ》を敷き、その回りに大人の背丈ほどの竹竿を幾本か立て、その上から新しい筵をかけてくれた。即席のテント小屋というわけ。私とRちゃんはその小屋で夜を過ごすのだ。宵空に星がまたたき始めるのも待ちかねて、私たちは今夜の冒険旅行に必要な食料や大切な人形、用心のためのカーディガンなどを持って小屋にもぐり込んだ。外はまだ夕焼け色なのに、小屋の中は秘密めいたように仄暗くて、二人は大いに興奮した。

この冒険旅行のために、母はおにぎりのお弁当を作ってくれた。当時の私は、子供用の茶碗一杯のごはんさえ平らげることのできない食の細い子供だったが、おにぎりにしてもらうとなんとか食べることができた。子供の手のひらほどの小さなおにぎりが三個。梅と鮭と炒り玉子が中味。いまだに燻製類を好まない私はオカカのおにぎりの匂いの強さが嫌いで、そんな私のために、母が甘辛の炒り玉子入りおにぎりを考案してくれたのだ。夜風を受け、水筒の麦茶をチビチビ飲みながら味わうおにぎりはなかなかのものだった。私とは反対に食欲旺盛のRちゃんは、両手で抱えるほど大きなおにぎりに夢中になっていた。

お腹がきつくなると、二人は座蒲団を並べた上に体を寄せ合って横になり、たわいないお喋りをしながら、筵の入口から顔を出して外を眺めた。見慣れた庭なのに、とても新鮮だった。そのまま眠ってしまえばもう少し冒険旅行らしくもなったのだが、二人がどんなにがんばっても睡魔につかまる頃になると、各々の母親がやってきて、ふらつく足どりの私たちは家へと連れ帰られた。それでも五歳の女の子にとっては大いなる冒険だった。

そんな庭先の冒険旅行は幾度か決行されたが、小学生になった夏ごろから自然消滅した。少女たちの好奇心はもっとスリリングなものを見つけたのだろう。

私が通っていた小学校は給食ではなかったので、母はよくおにぎりのお弁当を作ってくれた。海苔のおにぎり一個と鶏のささ身のソテーが定番メニュー。しかししばらくするうちに、私は母のおにぎりに今ひとつ納得のいかないものを感じ始めてしまった。ためしに自分で作ってみた。すると母のおにぎりよりずっとおいしいのだ。母のおにぎりはその人柄のままにのんびりおだやかすぎるのに比べて、私のおにぎりには米の力がみなぎっている。どうして？　母娘は一緒におにぎりを握りながら考えた。その結果、私はおにぎりを握る瞬間《とき》、全身全霊のエネルギーを手のひらにこめて真剣に握っていることが判明した。おにぎりのコツは、握り方の強弱ではなく、この思いのこめ方にあるようだ。

それにしても、おにぎりというのはどうしてあんなにもおいしいのだろう。料理は数々あれど手料理がいちばんなのは明らかだが、その手作りというものがもっとも素直な形として届くのがおにぎりかもしれない。同じ米を同じように炊いても、握る人によって味はすっかりちがってくる。やさしいおにぎり、頑固なおにぎり、いい加減そうなおにぎり、負けずぎらいのおにぎり、忘れっぽいおにぎり（中味の具を入れ忘れたとき）。おにぎりは一見単純に見えるが、その味と感触のバリエーションには奥深いものがある。占いで付き合う相手を決めるくらいなら、おにぎりを握ってもらって決める方がよほど核心に近い選択ができるかもしれない。

おにぎりについてもうひとつ、心につよく残っている思い出がある。小学校のクラスメイトにA君という、私同様ひとりっ子で痩せっぽちの男の子がいた。彼のお母さんという人はとても知的でモダンで、ひとり息子に期待をかけるなどということが息子にとってどれだけ負担であるかをよく承知していて、承知しているからこそべたつきを拒否して突き放すように装うという、結局のところはその源を同じくする圧倒的なパワーを抱えた母親だった。

数年前のことだが、行きつけの寿司屋でばったりとA君の母親に会った。気付いたのは私の方。だって私はもう、あの頃のお母さんたちの年齢に近くなっていたのだから。女ひとりでは入りにくい頑固オヤジが握っている寿司屋なのだが、彼女も私もひとりだった。思いがけない再会を心から喜んでくれた。私の仕事を知っていて、励ましたりもしてくれた。すっかり銀色になった髪は相変わらずのショートカットで、「ともみちゃん、私も書いたのよォ。大黒屋光太夫って知ってる？　そう、オロシヤ国に初めて入った日本人。彼のことといろいろ調べてたら面白くて、オペラにしちゃったの」。たぶん彼女はその道の専門家ではないと思う。それなのに、コハダの握りをつまみながら静かな声でさらりと言ってのける。もう七十歳に近いA君の母親を見て、私は思わず感嘆のため息をついてしまった。やっぱり凄いパワーを抱いた母親だったんだ……。

あの日、私は数人のクラスメイトとA君の家へ遊びにいった。彼は自分の家に友だちを呼ぶのが大好きだった。私がひとりでいるのが平気なひとりっ子だったとすれば、彼は広い庭を持つ家にひとりでいるのが苦手なひとりっ子だったのだろう。夕陽が傾いて、みんなそろそろ帰ろうかなと思い始めたころ、A君のお母さんが大きな皿におにぎりをたくさん載せて運んできてくれた。私はA君の家でおにぎりをいただくのは初めてだったが、その少し前、お母さんの思いつきでおにぎりを出したところ、子供たちの評判もよく、おまけにいつもは私と同じ食の細いA君がいっぱい食べたらしい。それを見て喜んだお母さんは、それからは友だちが遊びにくると、小腹の空いたころを見計らっておにぎりを出してくれるようになった。

黒々とした海苔に包まれたおにぎりに、子供たちの手が次々のびる。私もいつもより大きめのおにぎりを一個平らげた。元気な男の子は三、四個も平らげた。ふと気付くと、A君はみんなにもっと食えよ、とすすめながら、自分も両手におにぎりを持って、おどけたように頬ばっている。四個、五個……。A君の異様なくらいの食欲に一同がはやしたてると、A君はもっと勢いよくおにぎりにかぶりついた。そのA君の眼はおいしい、というより必死そのものだった。そうか、A君はみんなに帰ってほしくないから、だからあんな必死な眼でおどけながら頬ばっているんだ。私はなんだか辛くなって眼を伏せた。A君のお母さんの手のひらが握ったおにぎり。おにぎりは思いをこめてギュッと握るほどおいしくなるが、だからこそ哀しくもなってしまうことに私はその時気づいた。

暗がりの弁当 ● 山本周五郎

やまもと・しゅうごろう
1903年山梨県生まれ。小説家。徒弟、雑誌記者を経て『須磨寺附近』を発表し、注目される。市井の暮らしを描いた庶民的な作風で知られ、おもな著作に『樅ノ木は残った』、『赤ひげ診療譚』、『さぶ』など。1967年没。多くの作品が映像化、舞台化されている。

私は昼めしを外で食べる。たいていそばを食べるが、そのあとでしばしば映画を観る。映画を観るというより、館内の暗がりで動く画面をぼんやりながめながら、一、二時間ぼんやりしているといったほうがいいかもしれない。ところが歳末になると、このぼんやりした気分をこわされることが多い。その一つはニュースや広告映画などで、いきなり「いよいよ年の瀬も押詰ってまいりました」とか「今年もう余すところわずかになりまして」とか「皆さま、お歳暮のお支度はできましたか」などというアナウンスや文字があらわれる。私の心臓はそのたびにどきりとし、急に肩身が狭くなるような、寒ざむとした、うしろから追いたてられるような気持になる。そのとき館内にいる他の客たちも、私と同じような気持になるのではないかと思う。夜ならば、仕事を終った人たちが娯楽のために来るだろうが、昼間の客はそうではないでしょう。金持で暇があって、ひるまからのんびり映画を観ている、といった人もむろんいるだろうが、大部分はそれとは反対の側にあって、しかも、映画でも観るよりしょうがない、といった立場に際会している人のほうが多いように思う。現に私は見たのであるが、昼ごろの館内で、映画が始まるとすぐに、カバンの中からそっと弁当を出し、周囲をはばかるように、音をひそめて食べる人がある。大概きちんとした背広にオーバー、中折帽という格好で、年は四十四、五から五十がらみの人が多い。これは横浜というこの地方都市だけのことかもしれないが、三度や五度ではなく、人はむろんいつも違うが私はたびたび見ているのである。館内が暗くなるのを待って、ひそかに弁当をひらくこれら中年の紳士たちを見ると、やはり私は胸が痛くなり、「政府はなにをしているか」などと怒りを感ずるのである。べつだん政府に直接の責任があると主張するわけではないが、こういう怒りは民主国である関係で、ともかく政治とか政府方面へ持ってゆくことになるようである。

個人的にはどうしようもないでしょう。それというのが、大森の馬込で初めて家庭を持ったころ、尾崎士郎さんが「いよいよせっぱ詰ったら僕にそういいたまえ」といってくれた。年中せっぱ詰っていた（今も同断であるが）時代で、私は百万の味方を得たように思い、勇気づき、そうして間違いなくせっぱ詰ったので、訪ねていってその旨を申出た。すると士郎さんはいささかあわてられ、夫人（美しく賢く、そしてなつかしい方である）に聞えないように、「ちょっと出ましょう」といって立ちあがられた。それから質屋へゆき、士郎さんは腕時計で五円借りられ「君、半分ずつ使おう」といって二円五十銭貸してくれられたのである。私はその温情に深く感銘したけれども、そしてまた物価が極めて安い時代であったが、二円五十銭という金額は「いよいよせっぱ詰った」状態とは少しばかり符が合わない、とは思われないでしょうか。もちろん、それが士郎さんにとってそのとき可能な最大の助力であった。ということは私もよく知っていたし、そのためにますます勇気づいたのであるが。

私は今年もまた十一月ちゅうに、年末前借の件を数社に頼みこんで、「手回しがいいですね」などと感心された。先方はもはやあきらめているらしい、「しかし間際になって申込まれるよりいいですよ」といぶ（慰撫）されるような、あるいは先方が先方みずからをいぶするようなことをいわれて苦笑された次第であるが、つくづく考えてみるのに、私が歳末広告を聞いて心臓をどきつかせたり、映画館の暗がりで弁当を食べる人に気づいたり、どんな気持で食べているかを身にしみて感じたりするのは、どうやら私自身がこれまでもこれからも、ずっと、暗がりで弁当を食べる人間だからであるように思う。私一人か、男というものの一生は、みんなそんなような心持のものではないか。そんなことはない？　ああそれは失礼。

母のいなりずし

立原えりか

たちはら・えりか
1937年東京都生まれ。童話作家。『人魚のくつ』でデビュー以来、ファンタジー性あふれる作風で大人をも魅了。おもな著作に『でかでか人とちびちび人』、『木馬がのった白い船』など。近年は、童話を書きたいひとのための生涯学習講座の講師活動も。

運動会の前日、朝早くから、母は油揚げを煮た。二十枚ほどの油揚げを半分に切って熱湯をかけ、たっぷりのだし汁と醤油とみりん、砂糖を入れた鍋でことことと煮る。味がよくしみるように、鍋は夜までそのまま置いておく。家族の夕食が終わると、いなりずし用のご飯を炊いた。むらしたご飯に酢とゴマを混ぜて、揚げにつめる。台所に甘辛い醤油と酢の香りが漂って食欲をそそった。「ひとつくらい、食べさせてくれないかな」と思ったり、「どうせ作るのだから、運動会の前の晩もいなりずしにしてくれればいいのに」と考えたりしたけれど、いなりずしはあくまでも運動会のお弁当だったのだ。黒塗りの重箱に、たわら型のいなりずしがきちっと並び、隅にはベニショウガがおさまった。台所の窓にはてるてる坊主がゆれていた。

運動がまるでだめなわたしは、運動会が好きではなかった。走ればびりだし、クラス全員が出場する対抗リレーもわたしのせいでびりになるから嫌われ者だ。ダンスがうまいわけでもなく、綱引きで百人力を発揮できるわけでもないから、花のかけらもない。それでも運動会が楽しみだったのは、お弁当があったからだ。

お昼になると、友だちの家族が集まってそれぞれのごちそうをひろげた。はなやかなちらしずし、いろいろなものを入れた巻きずし、サンドイッチもあればお赤飯もあった。父親たちが酒盛りを始め、母親たちがお喋りしては笑うかたわらで、わたしたち子どもは次つぎにごちそうをつめこんだ。ご飯がすむとデザートで、リンゴやナシ、茹でたクリなどの素朴なものから、ヨウカンやケーキ、アイスクリームが勢揃いする。母のデザートはフルーツゼリーと紅茶ゼリーで、冷たさとほのかな甘みがおいしかった。

「お母さんのお弁当がいちばんおいしい」

子どもたちはみんな、そう思ったにちがいない。それぞれの家にそれぞれの味があり、同じ食べものを作っても、少しずつ味わいは違う。母が作る卵サンドはぴりりとカラシがきいていたけれど、友だちのお母さんはカラシを使わない。母のちらしずしにはイクラとシラス干しが入るけれど、友だちのお母さんは入れない。そのかわりに、母が使わないそぼろがふりかけてあった。

娘が小学生になった秋、運動会のお昼のためにわたしが作ったのはいなりずしだ。母から教わった味を娘も好んだ。

「お母さんのゼリーはおいしい」と褒められるたびにうれしくて、仕事の合間に手作りした。菓子店に行けば、見かけも味もずっとおしゃれなゼリーが簡単に買えるのに、紅茶とフルーツの香りにこだわったのだ。ふるふるとゆれるゼリーは、ゼラチンが多すぎても少なすぎてもうまくいかない。いつのまにか、ゼラチンの使い方が体に入ってしまっている。

娘が結婚して、わたしはひとり暮らしを始めた。料理が嫌いではないから、食事は必ず作る。ひとり分なので、カレーやシチューはめったに作らない。いなりずしも作らなかった。毎日同じものを食べるのが嫌だったのだ。

ある日、無性にいなりずしが食べたくなって、デパートの地下を歩いた。びっくりするほどのたくさんのいなりずしが並んでいる。五目ご飯をつめたもの、おこわをつめたもの、ジャンボと名づけられた大きなものもあれば一口サイズもある。わたしが選んだのは普通のいなりずしだった。たわら型でご飯がつめてあるだけのシンプルなもので、それなりにおいしかった。でも、母の味ではない。

一ヵ月に一度、友人が集まるパーティにいなりずしが登場することになったのはそれからだ。

パーティの主役はタイ料理だった。今では有名になっているスパイシーなスープ、トム・ヤム・クンも生春巻きもパイナップルピラフも無名なころで、友人はタイ料理を目的に集まっていた。マンションの台所にはトウガラシとニンニクの匂いがこもって、アジアになってしまう。ご飯もタイ米だからぱさぱさしていて、独特の香りがする。

数年間、タイ料理だけだったテーブルに加わったいなりずしに、友人たちは首をかしげた。スパイスたっぷりの料理にはどうしても合わないのだ。

「わたしが覚えていて作れる、たったひとつの母の味なの。忘れたくないから作った」

言い訳を飲みこんで、いなりずしをおみやげにする。「いなりずしのおみやげつきタイ料理パーティ」は、いつのまにか友人たちのあいだで有名になった。

贈物

高濱虚子

たかはま・きょし
1874年愛媛県生まれ。俳人、小説家。正岡子規に兄事し、俳誌『ホトトギス』主宰。花鳥諷詠を提唱し、有季定型を貫いて多くの俳人を輩出した。生涯に20万句を残したといわれる。句集以外の著作に『柿二つ』、『虹』などがある。1954年文化勲章受章。1959年没。

子供の頃は、母が概《おおむね》お結びをつくってくれた。それは三角のお結びであった。母の作ってくれるお結びは形が整っていた。子供の時には、このお結びを持って修学旅行などに出かけるのが楽しかった。

其後、京都の学校に居た頃は、下宿している処でこしらえてもらったお結びを持って、一人とぼとぼとよく郊外に出かけた。それは何となく郊外に出かけてみたくなったためであった。草に腰を下ろしてそのお結びを食べた。前方に聳《そび》えている山は叡山であった。ふと、叡山の形がその三角のお結びに似ていると思った。お結びをかじりながら、故郷に老いている母のことを思い出した。

老母はそれから数年経って死んだ。其時は東京に居って「ホトトギス」を引き受けて出すべく計画している時であった。

叡山は、それから京都に行く度に見るなつかしい山であった。

後には草鞋《わらじ》に脚絆《きやはん》穿《ば》きで、東京の近郊をうろつくこともしばしばあった。其時も大概お結びを携えて行った。

それは家内がつくってくれるお結びであった。三角のもあり円いのもあり、太鼓型のもあった。焼いたのもあり黄粉をつけたのもあった。青い豆を一緒に結んだのもあった。

それは、俳句を作るために出掛けるのであった。一人で歩き廻ったり、また時には、鳴雪《めいせつ》、碧梧桐《へきごとう》等と一緒に歩いてみる時もあった。煮売屋《にうりや》に腰を掛けて、そこで一皿のお菜を買って食べる時もあった。自分の句帳の整理をしたり、連《つれ》のある時は俳句の批評をし合ったりするのであった。

ずっと飛んで、戦時中は小諸に疎開しておった。食糧が困難になった頃であった。小諸の近郊に、山岸杜子美《としび》というお百姓の俳人があって、それが時々私を見舞ってくれた。飯時になると自分の携えて来た新聞包をひらいて、其の中から大きなお結びを取り出して食うのが常であった。それから帰る時になると、食い残したその新聞包のお結びを置いて行った。

よく見ると一つのお結びが一合位の分量であった。五つ程新聞包に残っているのは、結構、家族のものが夕飯の替りに食べることが出来た。

其頃は白米は貴い時であったから、新聞紙にこびりついている飯粒を勿体《もったい》ないと思った。お結びの中からは赤い梅干が出て来た。小諸あたりの梅干は堅い梅干であるので、がりがりとかんで食べた。これは杜子美君が心あってのひそかな贈物であった。その米は、自分の田で収穫した貴い米であった。それは美味しかった。薩摩芋や馬鈴薯や南瓜などにくらべて、はるかに美味しいものであった。

此頃は私は、お結びを弁当替りに持って出掛けるということはなくなった。ただ老妻が、食べ物のすすまぬ時に豆の入ったお結びを作って食べているのを見ることが、たまにある。

ケンタロウ大好き！

吉本ばなな

よしもと・ばなな
1964年東京都生まれ。小説家。幼少の頃から小説家を志し、デビュー作『キッチン』が大きな話題に。おもな著作に『TUGUMI』、『デッドエンドの思い出』など。日本のみならず、欧州やアメリカ、アジア各国など海外にも熱狂的な読者を持つ。

子どもにお弁当を作るようになってからお弁当のことが気になりだして、いくつか本を見た。

お弁当箱の中をアートにしている特殊な人をのぞいて、どうも自分が食べたい感じの参考書がない。自分で考えるか……と思った矢先にケンタロウさんの本に出会った。

カツ代さんにもケンタロウさんにもそんなに詳しくなくって、ケンタロウさんのことを「男っぽい感じのごはんを作る人だ」くらいにしか思っていなかった。でも彼のお弁当はなんとなく私が母に作ってもらっていたドカ弁に似ていた。

私は巨大なアルミの弁当箱全部がごはん、巨大タッパーに肉、そしてくだものか野菜、という三段弁当を持って行ってぺろりと食べることで有名な女子高生であった。「よしもとのドカ弁」というのは有名であった。食べっぷりを見学されたことさえある。自慢できないな〜。

懐かしさでページを幸せな気持ちでめくっていたら、ケンタロウさんが「カラフルなピックがたくさんささってはみだしていたり、レタスがこんもりしていてどうやってふたを閉めるんだ、みたいなお弁当じゃないのが載ってる本が作りたかった」というようなことを書いていて、溜飲がさがった。

色がすごくきれいとは言えなくて、地味で、でも絶対おいしそうなお弁当の世界からは、彼の、食とお母さんに対する愛情がいっぱいはみだしていた。

保温や保冷弁当箱が発達しているのだけれど、保冷は冷えすぎるし、保温するとタッパーの匂いがごはんにうつって、ちょうどひもをひくと熱くなる温め型のお弁当と同じようないやな感触（少しごはんが縮んだ感じ）と匂いになる。結局、作ったものを箱に入れて冷めるまで少し待ったものを、数時間たって冷たい状態で食べるのがいちばんおいしいのだな、と私こそが基本に戻った。

お弁当にはお弁当だけの良さがあり、それに類するメニューなら毎日でも飽きないということなのだろう。それにあまりバリエーションも必要ないのかも。

私のお弁当作りもだんだん慣れてきて、単に卵焼きとおにぎりと果物だけとかてきとうなお弁当になってきても、初期のお弁当よりも堂々として、見栄えがよくなってきたのは、ケンタロウさんが背中を押してくれたおかげかもしれない。

おにぎり抄

幸田文

こうだ・あや
1904年、作家幸田露伴の次女として東京都に生まれる。随筆家、小説家。露伴没後に発表した「父」、「みそっかす」などの随筆で注目を集める。断筆を経て発表した『流れる』、『黒い裾』などで小説家としての地位を確立した。おもな著作に『おとうと』、『台所のおと』など。1990年没。

男はどうだか知らないけれど女なら、自分の過去にあるおにぎりの影をたどると、誰しも大抵ちょっとした一代記の材料になるのではないかと思ふ。にぎ〳〵頂戴、とねだった幼い日から学校の運動会遠足、勤め先のグループでするハイキング、若い母として初子に握ってやるおむすび、それにいまはおほかたの人が戦争のおむすびの味を経験してゐる筈だし、東京人には関東地震のときの想ひ出もあり、その上運の悪い人なら貰ひ火のまるやけで思ひがけない塩むすびを食べたこともあらうといふものだ。おにぎりで女一代記はわけなく書けさうである。白い飛び石のやうにおにぎりは女の過去に散在してゐるのだ。

おこげのおむすびが私は小さいとき好きだった。みんなの茶碗には白くはらりとしたごはんが盛られ、私のにはすとんと重さのあるかたまりがつけられる。嬉しいやうな悲しいやうな感じなのである。かさの少ないことがなんだかうら淋しいのだが、おにぎりは嬉しい。だから、だいじにだいじにして、いつもおにぎりに限りゆっくりとたべていった記憶がある。あまり大切にしてたべるので、見苦しいと叱られ、この子は生れつき貧乏性なのかも知れないと、父親に慨《なげ》かれたおぼえさへある。それでもまたおこげができればうちのものは握ってくれたし、私もそのときだけはいつもの早飯のくせをやめてしんみりとたべる。父親のほうは見ないやうにして。だって父親はいやな顔をしてゐるから――。とにかくこげむすびはうまかった。

震災のときは、炊き出し組の一員で働いた。手の皮のひり〳〵する熱いごはんをひまなく次々と握るのだが、かしらのおかみさんが指揮官で教へてくれた。「にぎりめしってものは、いはゞ手づかみなんだから、まご〳〵してれば汚いもんだよね。

だから拍子とつてさ、ちやつきり〳〵ちやつきり、ちやつと三度半に結んぢまふもんなんだ」と。張り板の上に整列した握り飯は、引き続く余震の不安と大火事に煙る不気味な空とをおさへて、見とれるばかり壮《さか》んなけしきだつた。

戦争のおにぎりは、新聞紙《しんぶんがみ》のおにぎりだ。木の葉ならばいさぎよいものを、新聞でぢかに包んだおにぎりには、紙のケバがくつついて活字のあとがしみてゐた。印刷のおにぎり、文字のめしである。それをたべてしまふのだつた。印刷おにぎりを超満員の列車の便所の扉に押しつけられながらしみ〴〵眺めてゐて、同行のある出版社の青年は「無条件か、——」と、わんぐり食ひついた。複雑な味の、戦争のむすびであつた。

戦後二年目、まだまるで物のない頃に、私は父を見送つた。そのもの丶ないなかに精いつぱい無理をして、父にたべてもらひたいばかりに集めた米だのに、父はそれをみんな残して逝つてしまつた。ぼんやりして私は無能に喪主の座に坐つてゐた。台所はいつさいひと任せにした。任せられた二人の年とつたひとは、てきぱきとはしない。せかず慌てず、物音ひく丶一日中台所を出ず、入れ代りたち代りの弔問客をもてなした。もてなしといつても、それは青竹のざるに入れたおにぎりだけだつた。一人は三角に握り、一人は丸く結び、二人とも小ぢんまりと締ったおにぎりをさすがに手際よく握りあげてゐた。八月の真昼のおにぎりは涼しかった。

初七日が済んで喪の家の手伝ひを果して帰るとき二人は「せめて仏様の御供養にと思って、一粒の御はんも饐《す》やしませんでしたから、この点は私たちも気もちがよろしうございます」と挨拶した。心の奥のほうでよろっとするほど有り難くて感謝して訊いた。「定めしあなたがたおこげのおむすびばかり食べてゐたんでしょ？」「いえ、御はんたくだけのことしか出来ないと思ってゐましたから、はじめから心をこめて炊きました。おこげは一度もございません」

私は父をおにぎりで見送ったのだが、二人のとしよりのおかげでこげむすびは誰にもたべさせなかった。「貧乏性どころか、これをみてくれ」、と云ひたいのである。

空弁体験記

東海林さだお

しょうじ・さだお
1937年東京都生まれ。漫画家、随筆家。早稲田大学漫画研究会創設メンバー。ユーモアあふれる食エッセイ「あれも食いたい　これも食いたい」をまとめた「丸かじりシリーズ」が大人気。おもな漫画作品に『ショージ君』、『タンマ君』、『アサッテ君』など。

生まれて初めて飛行機の中で弁当を食べた。

空弁《そらべん》を食べた。

空弁は平成元年ごろ売り出されたのだがあまりパッとせず、2002年に「みち子がお届けする若狭の浜焼き鯖寿司」が売り出されてから急にパッとしだし、以後、様々な空弁が空港の売り場を賑わすようになった。

空弁も駅弁も移動しつつ弁当を食べるという点は同じだが、実際に食べてみると、様々に違っており、様々に問題点があることがわかった。

飛行機の中で食事をするという行為は大抵の人が経験をしている。

機内食という形で経験している。

機内食と空弁の最大の違いは、機内食は機内の人全員が一斉に食事をするのに対し、空弁は周りの人が食事をしていないのに一人で食事をするところにある。

その日は朝の九時近くの北海道行きの便に乗ったのだが、ぼくの周辺で食事をしているのはぼく一人。

食事をしながら、つい、車内化粧女のことを考えてしまった。

車内化粧女は、電車内では誰一人として化粧をしていないのに、たった一人化粧を行っている。

そのときのぼくも、周辺では誰一人として食事をしていないのに、たった一人食事をしている機内弁当男となっている。

いま周りの人は、車内化粧女を見る目で、この機内弁当男を見ているにちがいないのだ。

「お互いにつらいよなあ」

と、つい彼女に同情する気持ちがわいてくるのだった。

駅弁のほうの歴史は古いから、車内で弁当を食べる人、そのそばにいる人との関係はそれなりに慣行化されている。食事をする人、そばにいてそれを容認する人、両者の関係はうまくいっている。

空弁のほうはどうか。

その歴史はまだやっと二十年ぐらい。

機内で弁当を食べる機内弁当男と、電車内で化粧をする車内化粧女を同列視する人がいても不思議ではない。車内化粧女は見ているだけでも不快であるが、機内弁当男は、たとえば隣の席の人にとっては不快どころか迷惑でさえある。

すぐ隣の席の人が弁当を食べれば、匂いはするし、すぐ目の前を食べ物がチラチラするし、平常心を保つのはむずかしい。

現に、ぼくの隣の席の男は、さっきからずっと不快を表明しつづけている。

ぼくの席は三列シートの通路側で、ぼくの右隣がその機内不快表明男、そして窓際が若い女性という配列だ。

その男は眉毛太めのガッチリした体格、五十がらみでネクタイはしていないがクールビズ風にかためており、全体の感じはビジネスマン、いま新聞を読んでいる。

これで読んでいる新聞が日経ならば、まちがいなくビジネスマンなのだが、あいにくスポーツ新聞である。

ぼくが食べている空弁は、タテヨコ18センチ、正方形の「四季楽庭幕の内弁当（850円）」で、ついでに書きそえれば缶ビールを二本伴わせてある。

いましもぼくが、その弁当の中のハンバーグ状のものを箸でつまみ上げて、これは何だろう、と、シゲシゲ見つめていると、隣席から、

「ガサガサッ、ガサガサッ」

という大きな音が聞こえてきた。

隣席の機内不快表明男が、スポーツ新聞をわざと大きく開いたり閉じたりして、大きな音をたてているのだ。

さっきから感じていることなのだが、ぼくのシゲシゲと隣のガサガサとは密接な関係があるらしいのだ。

そしていまや、シゲシゲとガサガサとは一定の法則と化しつつあった。

シゲシゲあればガサガサあり。

つまり、シゲシゲは、弁当内そのものの定位置より上方への移動を生じせしめ、その上方移動は隣の男の顔への接近を意味し、すなわち匂いの強烈化という結果を生じ、そのことが不快であるということを表明するためにガサガサを行う、そういう一定のリズムが両者の間に発生したのである。

機内不快表明男は、機内わざと新聞ガサガサ男でもあったのだ。

しかもそのガサガサの音は、次第に大きくなりつつあった。

機内弁当男対機内不快表明男兼機内わざと新聞ガサガサ男との相剋《そうこく》は次第に深刻化していくのだった。

考えてみれば、その隣席の男にも同情の余地はある。

もし逆の立場だったら。ぼくがスポーツ新聞を読んでいるとき隣席の男が急に空弁を食べ始めたら。隣席の男が空弁の何かをつまみ上げてシゲシゲと見つめ、その匂いが当方の顔面をハゲシク襲ったら。

もちろん当方はスポーツ新聞をハゲシクガサガサしてそれに対抗する。断固対抗する。

わが身を取りまく状況は深刻だが、空弁は実に旨い。

実によく工夫されていて筍の煮具合よろしく、鶏もも肉の火の通し加減よく、塩鮭のちょっとした塩《しょ》っぱめを一口食べたところでビールをゴクゴク。またゴクゴク。

とたんに隣からガサガサッ、ガサガサッ。

どうやらゴクゴクが聞こえたらしいのだ。

そうか、匂いだけでなく音も不快だったのか。そういえば空弁開始の最初のプシッのとき、あのときも確かにガサガサがあった。

こうした空弁ゆえの様々なトラブルは今後も発生するだろうが、その解決は空港および弁当会社にゆだねたい。

駅弁

吉村昭

よしむら・あきら
1927年東京都生まれ。小説家。1966年一挙に発表した長編『戦艦武蔵』がベストセラーとなり、作家として立つ。綿密な取材と調査を基に書かれた作品で、記録文学というジャンルを確立。おもな著作に『関東大震災』、『ポーツマスの旗』、『桜田門外ノ変』など。2006年没。

旅行に出て所定の列車に乗ろうとする時、食事時《どき》にかかることがある。私は、健康維持のため、定まった時間に必ず食事をとることにしている。そうした習慣があるので、発車前に駅弁とお茶を買いもとめ、車中で駅弁のふたをひらく。

駅弁は、戦前からあって、その内容は驚くほど変化がない。まずは御飯だが、白い米飯の中央に小さな梅干がうもれている。ゴマがふりかけられているのも、戦前と変りはない。そして、副食物。焼魚、卵焼き、煮しめ昆布、蒲鉾、ごぼうや蓮根の煮たもの、それに奈良漬。幕の内弁当である。

これを子供の頃から現在まで食べつづけてきたのだから、われながら呆れる。

そのうちに、さまざまな工夫をこらした弁当が次々に現われるようになった。鰻の蒲焼き弁当、鶏そぼろ弁当、焼肉弁当等々。

営業妨害になるから書くのはひかえるが、失望することが多い。懲りずに、今度こそは、と思って食べ、やはり味の悪さにうんざりする弁当もある。その結果、栄養もあり、一応、空腹をいやしてくれる幕の内弁当へと逆もどりする。

とは言え、うまい駅弁はむろんある。東京の近くでは信越線横川駅の峠の釜飯、高崎駅のだるま弁当などは好評だが、気まぐれに仙台駅で買いもとめた栗おこわ弁当もいい。たしか六百円台だが、朝、仙台駅で新幹線に乗る時、家族分の数だけ買い、家に電話して、持ち帰ることをつたえる。家の者は、それで昼食をつくる労がはぶけ、私は感謝されるということになる。

鉄道のサービスはよくなったが、二階建の車輛がある新幹線の列車にあるカフェテリアは、私などにはありがたい。小さいパックにさまざまなものが入っていて、自分の好みに合ったものを三、四個買いもとめる。

近頃では、東京駅のホームにもこのカフェテリアが設けられ、そこでも買うことができる。

旅の楽しさが増したわけだが、時折、家から持ってきた握り飯を車中で食べている人を見ると、さぞうまいだろうな、と羨しくなる。駅弁でもカフェテリアで売っている主食でも、米飯が味気なく、握り飯のうまさには遠く及ばない。

一カ月ほど前、関西に旅をするため乗った新幹線の列車の車中で、四十七、八歳の気品のある婦人に眼をとめた。

私が眼をとめたのは婦人が美貌であるためではなく、その食事の仕方に興味をひかれたからである。

列車が東京駅をはなれて間もなく、私は、彼女がビニール製の折りたたみ式のスリッパを旅行ケースから取り出すのを見た。靴をぬいだ彼女がそれをはくのを眼にして、旅なれているなあ、と思った。

つぎに彼女が出したのは、どこかのレストランで出したものを持ってきたらしい大きな紙のナフキンで、膝の上にひろげた。

食事をするのだな、と、ひそかにうかがっていると、ウェットティッシュで指先をふいた。

それを終えた彼女は、ケースから細長い経木の包みを出してひらいた。中には小さい握り飯が並んでいた。副食物は、カフェテリアで買った海老フライ、野菜サラダなどで、彼女は、車窓に眼をむけながら握り飯を口にはこび、副食物に箸をのばす。彼女の横顔には、旅を楽しむ落着いた表情が浮んでいた。

まさしくこれは、列車内での理想の食事だ、と感心した。が、それを真似ることは、私にはできそうもない。握り飯をつくってもらい、持ってくるのが億劫なのである。

旅での食事は、行きあたりばったり。乗りかえ駅であわただしく立喰いそばを食べて空腹をいやす方が、いかにも旅らしくていい、と私は思うのである。

信越線長岡駅の弁当

● 吉田健一

よしだ・けんいち
1912年吉田茂の長男として東京都に生まれる。英文学者、批評家、エッセイスト。幼少時代からフランス、イギリス、中国などに移住し、それがのちの感性を養った。フランス文学とシェイクスピアなどのイギリス文学への傾倒を両立させた批評は、ダンディズムあふれる。おもな著作に『ヨオロツパの世紀末』、『英国の近代文学』など。

これは仮に弁当と書いたが実はこの駅で売つてゐる食べものならば何でも食べるのに価する。さういふ不思議な駅で、ここで降りたことは一度しかないのにも拘らず汽車がこの駅で止る毎に停車時間が一分位しかなくていつ汽車の戸が締るか解らない危険を冒して駅に立つのはそこへ通り掛つた売り子を摑まへて何でもその売り子が売つてゐるものを買つて食べて見るのが楽みだからである。さう言へばこの頃は汽車が早くなつたのは有難い代りに駅売りのものを買ふのがどうかすると命掛けの早業に似て来たのは残念なことで、あれでは客の乗り降りにも不便ではないかと思ふ。これは新幹線は勿論のこと他所を走る急行でもさうであつて、その為に食べものの方は車内でも売つて歩いてゐるといふのならば駅で買ふべきものを席から立ちもしないで手に入れるのは邪道で味も違ふと返事したい。

長岡駅で最初に鱒の姿鮨といふのを買つたのは偶然だつた。富山の鱒鮨と違つてこれは小振りの鱒を二匹ばかりそのまま鮨に作つたものでその恰好の入れものに入つてゐる。勿論これは駅売りのものであるから何もこれを食べなければ一生の損であるといふやうなものではないが、その味付けはさつぱりしてゐてその上に米の炊き方が親切で、そんな説明をするよりも要するに食べると旨い。或はこの辺はいい米が取れるので、この飯が旨いといふことはこの駅で売つてゐる凡てのものに就て言へることでそれでここの幾種類かある弁当も、それからいつか買ふことが出来た蟹鮨も先づその点で最初の一口から惹かれる。その蟹鮨といふのは蟹の肉をほぐして混ぜた一種のちらし鮨で、これもここの鱒鮨と同様に特別に面倒なことが言ひたくなるのでなしに食べものにあり付いた感じにさせてくれる。又勿論この辺の米がいいといふ理由だけでかういふことの説明が付く訳ではない。

例へばいつか買つたサンドイッチは野菜を挟んだのにマヨネエズが掛けてあつた。それが上等なマヨネエズとか何とかいふのでなくてそれだけの手間を掛ける用意があるといふことになりさうである。その同じ用意が各種の弁当のおかずにも見られて、それでそのおかず毎に食べて見るのが楽みになる。併し兎に角一分かそこらの停車で行き当りばつたりに一種類のものを色々とある中から手に入れるのである。まだ何があるのか楽みである。

お弁当

武田百合子

たけだ・ゆりこ
1925年神奈川県生まれ。随筆家。作家武田泰淳の妻。泰淳没後、富士山荘で過ごした日々を綴った『富士日記』でデビュー。独自の視点と文体が高い評価を受ける。おもな著作に『犬が星見た—ロシア旅行』、『日日雑記』など。1993年没。

小学二年級から、お弁当があったと思う。私のお弁当箱は、蓋に斜めに箸を納める凹みのついている、アルミニュームの四角いのだった。梅干の酸でも傷まない、アルマイトという新金属で出来たお弁当箱が売り出されたのは、上級生になった頃だと思う。首から定期券を下げて、一人だけ電車通学をしている生徒が、赤い小判型のアルマイト弁当箱をはじめて持ってきたとき、みんなは代る代る見せて貰った。

鸚鵡の絵が蓋に描いてあった。

手工の時間にお弁当袋を鉤針で編んだ。新聞紙にくるんだお弁当をその袋に入れ、ランドセルの横に吊して登校した。帰り、駈け出すと、お箸のほかに梅干の種の転がる音がした。

一日と十五日だったか、戦地の兵隊さんの御苦労を偲んで、梅干一つと御飯だけの「日の丸弁当の日」があった。机の間を回って先生が点検した。蓋をあけると、いつものようにおかずが入っていることがあって、どきりとする。もう、そのときは、のんきに暮している（と思っていた）家の大人全部を恨む。

おべんと御飯（煎り卵ともみ海苔の混ぜ御飯）か、猫御飯（おかかと海苔を御飯の間に敷いたもの）であれば、私は嬉しい。そこに鱈子、またはコロッケがついていたりすれば、ああ嬉しい、と私は思う。そのほかでは……梅干のまわりの薄牡丹色に染まった御飯粒と、沢庵のまわりで黄色く染まった御飯粒。その一粒一粒。……虚弱児童の私は偏食で食が細かった。

家の近い生徒は、都合でお昼を食べに帰ってもよいことになっていた。「食べ」といった。校門から「食べ」の生徒が、ばらばらと抜きつ抜かれつして、切り通しの坂を走り下って行く。真昼間の表から駈け込んだ茶の間は、藤棚の蔭で冷んやりと暗い。柱時計の真白な文字盤のⅫに針が重なって、丁度鳴りはじめたところ。おばあさんが火鉢に網をのせて三角に切った油揚を焙《あぶ》ってくれる。焙ったそばから、お醤油をまあるくまわして、お冷や御飯で食べる。

「天皇陛下の写真が出てるシンブンガミで、お弁当を包まないでね。見つかると先生にうんと叱られるから。遠足や運動会に持ってきて地面に敷いて坐るのも、いけないんだって。お便所でお尻拭いたりしちゃ、もっといけないってさ。そういうシンブンガミは神棚にあげておきなさいって。皇后陛下の写真もいけないんだって。愛馬白雪号（天皇陛下の馬）のもダメかもしれない」

　油揚を裏返しながら「はいよ。大丈夫だよ」と、おばあさんは簡単に肯く。

　Kさんは体操も勉強も裁縫も不得手で、すべてにゆっくらとしていた。大きな、組で一番ぐらいに大きな白い平らな顔で、糸のような眼をしている。私の席から斜めに振り向くとKさんが見える。しょっちゅう、のろのろと手の甲をさすっては、両手を揃えて眺めている。

　四時間目の授業がはじまると、少し開けてある廊下側の引戸窓から、どっとほっれた日本髪の、青黄いろい顔をした女の人が、よく顔を覗けた。先生の話すことが面白くて堪らない様子で、しまいには教室の中へ半身のり出して熱心に聞いている。みんながおかしがるところでは一緒になって、声を出さずに、くったりと笑った。四時間目が体操だと、運動場の隅の砂場で、全身に陽を浴びながら、うっとりとしゃがんでいる。洗い晒して模様のわからなくなった着物を、肩からずり落しそうに巻きつけ、細帯一つだから、ふらふらと寝巻のまま起き出してきた病人のように見えた。若そうだった。

あの人はKさんのお弁当を届けにくるナントカおいらん。Kさんちは大門《おおもん》の中のお女郎屋さんだ。と事情通の友達が教えてくれた。「食べ」の日、その話をすると「ああ、よっぽど大人しい人なんだねえ、きっと。お女郎さんは、ふつう滅多に一人で外へは出られないもんだよ。逃げられないように、帯も締めさせないんだ」と、火鉢の向うで、おばあさんは言った。

坂下を流れる川の川下の方角に、お女郎屋さんが何軒かあった。昔はもっとあったという。バス通りに面した一方の出入口に、錆びた乳鋲《ちびょう》のついた黒い大きな門が、こわれかかったまま建っている。夕暮から夜、この前を通ると、昼間よりずっと大きな門に見えた。大門から中は、子供の入るところではない、と聞かされているから、大門に貼ってあるビラを大急ぎで見て通り過ぎる。――坂下の豆腐屋のおじさんは、だいぶ前からびっこを曳いている。大門の中が大好きで、遊びにばかり行っていたら病気をうつされた。それでむやみと怒りっぽくなっていて、うちの犬「ジョンや」が歩いていると出刃庖丁を投げつけた。「ジョンや」は肥っていて丈夫だから、背中に庖丁を立てたまま、せっせと坂を上って家に帰ってきた。――ビラは、大門をくぐって奥の外れにある映画館のビラである。『殺生浪人旅』(だか『浪人殺生旅』)という題の時代劇である。

ある日、Kさんの家へ行ってみよう、と事情通の友達が誘ったので随いて行った。Kさんの家の広い間口の三和土《たたき》まで、夕方近い強い光が差し込んでいた。上り端のつるつるした板の間から、幅のある梯子段が二階へつき上っていて、二階の方は真暗だった。赤く塗った梯子段の手すりが、ところどころ剝げ落ちていた。正面の鴨居に、天照大神の神棚があった。額縁に入ったお女郎さんの半身写真が、その左右に並べてあった。お女郎さんたちは、上等そうな着物に頸《くび》をうずめて、つぶれたような日本髪にカンザシをあちこちから挿して、そっぽを向いた眼つきをして写っている。どの人も何となくお相撲さんに似ている。写真に貼ってある、カタカナを振ったお女郎さんの名前も、お相撲さんの名前に似ている。

前からそこにあったのか、私たちがきてから出してくれたのか、あと先がはっきりしないけれど、板の間に大きなお盆が置かれて、半月に切った真赤な西瓜が沢山のっていた。西瓜の向うに、のど首から肩まで水白粉を塗ったお女郎さんが二人、手拭を縫合せたような着物に細帯一つでとんび足に坐っていた。

Kさんは出てきて、友達はKさんと話をしたのだろうか。それもはっきりしない。お女郎さんの一人が、もう一人に「そりゃ、あんた、水気《すいき》にゃ、かもうり」と、平べったい声で言っていた。

梯子段の裏手の薄暗い奥から、お弁当を届けるお女郎さんがぱたぱた出てきて、三和土に並んで直立している友達と私の口の中へ、紙袋の飴を白いふくらんだ指でつまんで押し込んだ。ざらめをまぶした大玉の薄荷飴が、くっと詰って口がきけない。大門を出るまで、陽が照る砂利の往来を、しっかり手をつなぎ合って、脇見せず歩いた。

私は市電に乗って遠い女学校へ通うようになった。遅刻した日、停留所で、男の人に連れられて、どこかへ出かけて行くお女郎さんたちに会うことがあった。電車通りを真直ぐに吹き抜ける風に、赤茶けた日本髪を、ほつれ放題にさらして、七、八人一かたまりになって電車を待っている。立ったり、しゃがんだりしているお女郎さんたちのお尻が、細帯一つのせいか、ぽたぽたと大きく、垂れ下って見える。ケンバイ、ケンバイ、とそばにいた職人風の男が、私を触るような、ちらちらした眼つきで言った。検診の検に、黴菌《ばいきん》の黴だ、とすぐわかった。どんなことをされるのかも、何だか、もうわかったような気がした。

一度、その中に、お弁当のお女郎さんを見つけたので、おじぎをしたら、両袖を掻き込むようにうずくまっていたその人は、こっちを向いたまま、がーっとあくびをした。

弁当（B）

池波正太郎

いけなみ・しょうたろう
1923年東京都生まれ。小説家。時代小説『鬼平犯科帳』、『剣客商売』、『仕掛人・藤枝梅安』は三大シリーズと呼ばれ、長く愛された。映画好き、グルメとしても知られ多くの随筆を残した。1986年紫綬褒章受章。1990年没。

列車の旅でも、私は車内の食堂へは、めったに入らない。そこで駅弁を買うわけだが、駅弁もまた、まずくなったのは、だれもが知っている。

例外はあるのだろうが、いまの駅弁は機械がつくっている。

ゆえに、あまりゴチャゴチャと入っていないものがよい。たとえば、高崎駅のとりめし弁当のようなものは、むかしとあまり変わらぬ味だ。

種々の幕の内弁当の堕落《だらく》には、目を被いたくなる。

むかしの〔汽車〕では、適当なスピードによって、私たちに〔旅〕をたのしませてくれた。そのうちに列車が電化されて、窓からながれ込む煤煙《ばいえん》が消えたのには大助かりだったが、しだいにスピードが速くなり、いまはプラットホームへ降りて、弁当など買っていたりすると列車が出てしまうし、新幹線ができてからは、弁当をたのしむ間もなく目的地へ着いてしまう。

私が、芝居の脚本と演出で暮らしていたとき、大阪や京都、名古屋へ出向いて仕事をすることが多かった。当時、東京から名古屋までは特急で約五時間。大阪までは七時間ほどではなかったろうか。

そのころ、京都から帰京する日に、三条小橋・東詰の〔松鮨〕へ立ち寄り、昼下がりのひとときをすごしてから、いまは亡き先代の主人がこしらえてくれた独特の〔ちらし〕を木箱へ入れてもらい、夕方からの列車に乗る。

車窓に琵琶湖が見えるようになってから、おもむろに木箱の蓋をとり、ちらしの上にのった美しい新鮮な魚介でビールをのみ、具のまじった飯を食べる。

〔松鮨〕のちらしは、現二代目になってからも健在だから、京都からの新幹線では、いまも利用しているし、ときにはホテルへ持ち帰り、夜食にもする。

それから、京都のコーヒー店の老舗として名高い〔イノダ〕のサンドイッチもよい。

ロースト・ビーフ、野菜、ハム、カツレツ、その他のサンドイッチを弁当にして列車へ乗り込み、冷えた缶ビールと共に味わうたのしみは、いまでも可能だ。

むかし、私は小さな魔法瓶を旅へ持って行った。当時、これは何かにつけて便利に使用できた。

旅館の旨い茶をいれて列車に乗れば、あのまずい茶を買わなくてもすむ。

その魔法瓶へ〔イノダ〕のコーヒーをつめてもらったわけだが、いまは携帯用の陶器ポット入りのコーヒーを売っているそうな。今度、京都へ行ったら、ぜひ、こころみたいとおもっている。

芝居に関係していたころ、大阪での私の定宿は、道頓堀に近い玉屋町の〔大宝ホテル〕という小ぢんまりと清潔な旅館だった。

当時の大阪のたのしさ、よさは、いまもって忘れがたい。

ところで、当時、法善寺横丁の近くの路上に〔K〕という焼き鳥の屋台店が出ていた。

夕方になって、店を出すや否やに飛び込まぬと、つぎからつぎへ客がつめかけて来て、食べそこなってしまう。それほど評判の屋台店だった。

あるじは見るからに魁偉《かいい》な風貌で、いつも苦虫を噛みつぶしたような顔つきをして、黙然と鳥を焼く。これを手つだうおかみさんも、笑顔ひとつ見せず鳥へ串を打ち、酒の仕度をする。

それでいて、この店は客が絶えなかった。それほどにすばらしい焼き鳥で、ときに、小さな茄子の漬物が出るのだが、これがまた旨い。

あまりにも旨いので、おかわりをして、

「もう一つ」

といったら、おやじが、

「もうあきまへん」

じろりと、にらんだ。

あるとき、明朝の帰京をひかえた前夜に、私は、

（Kの焼き鳥を、何とか明日の弁当に持って行きたいものだ）

おもいたったが、むずかしい。

冷えた焼き鳥を食べるというのでは、おやじが承知をすまい。

ともかくも夕方になって飛んで行き、焼き鳥で酒をのみながら、いろいろと考えた末に、

「ねえ。ぼくの父がね、ここの焼き鳥が大好きで、食べたがっているんだ」

「そんなら、此処へ来たらよろし」

と、おやじの返事は鰾膠《にべ》もない。

「ところが、父は病気なんだよ」

「へ……」

おやじの眼の色が、ちょっと変わったので、

「だから、ねえ、たのむよ。これからすぐに病院へ行って、冷めないうちに食べさせるから、ぜひともたのむ。こんなときでないと、親孝行できねえんだよ」

「親孝行……」

いいさして、おやじは、じろりと私を見た。

「さよう、そのとおり」

「よろし！」

おやじは強くうなずき、承知をしてくれた。

その焼き鳥を大宝ホテルへ持ち帰り、女中のムッちゃんにたのんで大切に保存させてから、また外へ出た私は、道頓堀の〔さの半〕で〔赤てん〕を買った。

〔さの半〕は百年もつづいた蒲鉾《かまぼこ》屋だ。

〔赤てん〕は東京でいう〔さつま揚げ〕のことだが、この店のは、はも、ぐち、にべなどの魚を練り込んだ逸品で、むろんのことにデパートなどへは店を出さぬ。

〔赤てん〕は、家へのみやげに買ったのだが、この中の五つほどを女中に甘辛く煮てもらい、焼き鳥と共に容器へつめてもらった。

御飯と香の物と、魔法瓶の茶は、いつものように宿でしてくれた。

翌朝、列車に乗って、名古屋へさしかかるころに件《くだん》の弁当をひろげた。

〔さの半〕の赤てんで、先ず酒を飲む。

それから、ゆっくりと焼き鳥を口へ運んだ。〔K〕の焼き鳥は冷めているにしろ、びくともしなかった。

大満足で二本、三本と食べすすむうちに、なんだか私は後ろめたいおもいがしてくるのを、どうすることもできなかった。
あれほど、自分の焼き鳥に打ち込んでいる〔K〕のおやじに、嘘をついたからである。
(すまなかったね)
胸の内でいいながら、私は四本目の焼き鳥を手に取ったのである。

シューマイ弁当　背負ったものを、切り落とし

中坊公平

なかぼう・こうへい
1929年京都府生まれ。元弁護士。森永ヒ素ミルク中毒被害者弁護団や千日デパート火災テナント弁護団の団長を務めるなど行動する弁護士として知られ「平成の鬼平」とも。晩年は弁護士を廃業、しずかな日々を送った。2013年没。

何やかやで東京に出て来た私が、京都に帰るため新幹線に乗り込むのは、たいてい夜八時ごろ。お腹もすいているのだが、駅弁は止まって食べたらただの弁当だから発車まで我慢して、列車が滑り出すと、待ちかねたように好物のシューマイ弁当のフタをとり、ニンマリする。この瞬間、この世でこれくらい幸せはないって気分になっている。七百十円て安いなあ、うまいなあと、ほほが緩む。そりゃあ、「た

ん熊」はんとか、「なだ万」はんとか、さすが一流のお店は美味しおますなあ。けど、どっちが幸せかというたら私はシューマイ弁当や。

そして家に着き、家内と並んで寝て、翌日の予定がハードでないなら、二人で壊れたレコードみたいに同じ昔話をして夜更かしし、そのうちお月さんが見えたりしたら、またしみじみ幸せなんやねえ。

私が住民側弁護団長としてかかわった、香川県・豊島《てしま》の産業廃棄物の撤去問題は、しんどい闘いだった。県は過ちを認めず、県民の理解もなかなか。そこで私たちは、豊島の実情を訴えて香川の五市三十八町すべてを行脚する「百カ所運動」を計画した。

その日に集会を開く町で、まず「○時に公民館においでください」とか車で流して回るのだが、当方七、八人に対して、集まりが十数人のことも多く、最悪二人だった。

運動に携わる島民たちに、何の日当もないのはもちろん、彼らは、それで産廃撤去の実現性が少しでも高まるならと、県への補償要求も放棄していた。

高齢の島民たちは、当時まだ運動が何ら先の展望を持てず、仮に成功しても、それから撤去までさらに十数年かかることを考えると、島が回復した姿を目にすることは難しかった。現に、公害調停を申請中の七年間だけで、五百四十九人の申請人のうち六十九人が亡くなった。それでも、子孫のためにと、弁護団長の私を信じて動いてくれていた。

絶望も覚悟しつつ、精一杯の抵抗を島の歴史に刻みつけようとする島民の姿に、「自分は本当に、この人たちの願いを遂げてやれるのか」と、顔には出せないが、不安に締めつけられるような思いの連続だった。

集まりがよくなかった、ある町での集会の後もそうだった。皆で帰るワゴン車の一番後ろの席に身を沈め、私は底なしの淵に引き込まれていくようだった。

そのとき、窓の外に目をやると、空は藍色を深めつつ、まだ黒々とはしておらず、田畑の広がる向こう、日が落ちた辺りにだけ掃いたように茜色が残っていた。見とれているうちに、すうっと、その光景の中に自分が溶け込んでいってしまった。

こうした瞬間、私の体は幸福感に包まれ、自分が背負っているものすべてを、いったんバサーッと切って落とさせる。何も状況が変わるわけではないが、再びそこに立ち返ったとき、幸せの余韻を胸に、少し自分を取り戻して向き合うことができる。

安い食いもんがウマい、月が見えた、日が沈んだ……司法研修所で同期だった仲間に「ほかのことでは負けるとは思わんが、お前はほんまにアホみたいなことで、勝手に幸せになれるなあ」と、あきれられたことがある。置かれた状況にかかわらず、間欠泉が噴き上がるように突然、幸せになってしまうのだから。

私はこれを糧に生きてきた。リヤカーの家族連れを見送った父のつぶやきや、母が「山のあなた」を愛誦《あいしょう》していたことが私に気づかせたように、幸せは、実は日に何度も人を訪れているのではないですかなあ。

姉のおにぎり ● 白石公子

しらいし・こうこ
1960年岩手県生まれ。詩人、エッセイスト。大学在学中に現代詩手帖賞を受賞し、詩集『ラプソディ』でデビュー。その後は、エッセイでも人気に。おもな詩集に『ノースリーブ』、『Red』、随筆に『もう29歳、まだ29歳』、『ままならぬ想い』など。

小学一年生の秋に母が長期の入院をした。

そのときのことは、なぜ覚えていないのか不思議なほどまったく記憶がない。緊急手術だったことも、献血を募ったことも、後になって聞かされたことだ。その話になると必ず母は、

「あやうく死ぬところだったんだから」

と口を尖らせて得意気に言う。そんな緊急事態のとき、私はどこにいたのだろう。その話題が持ち上がるたびに聞いてみるのだが、母も姉も覚えていない、と言うばかりだ。学芸会が近かったから、その練習で学校にいたんじゃないか、ということにおちついている。当時五年だった姉は手術のことも、その夜のことも覚えているのに、私は緊迫したことはなにひとつ覚えていないのだ。

私が覚えていることといえば、母の容体が安定したころの話だ。毎日、学校帰りに、ランドセルを背負ったまま病室に寄ったことや、母の養命酒を飲んでみたくて、駄々をこねたことなど、断片的なものばかりである。ベッド横のワゴンから甘い、香ばしい匂いを漂わす養命酒は、子供心にあやしげで、おいしそうだった。母がそれを取り出すたびに飲ませろとギャアギャアせがんだものだ。母は、一度、飲ませたら懲りるだろうと思ったらしく、やっと許しを得て、私は一気飲みをした。そして、ぶあっとドリフのコントのように吐き出してしまっていた。

その様子を、同室のおばさんたちに大声で笑われ、私は相当、傷ついたらしい。それから二度と養命酒を口にすることはなかった。

しかし私が母の入院で印象に残っていることは、そのような病室でのやりとりよりも、誰もいない家へ帰ったときのことだ。

いつもの習慣で「ただいま」と叫んでも、なんの応答も返ってこない。冷えたままのコタツに電気を入れるときの、ぽかんとしたよりどころのない淋しさ。家中に響きわたる時計の音の不気味な大きさ。空腹のため、目を丸くさせて、足元に寄り添ってくる猫の鳴き声は、家の雰囲気が変わってしまったことへの悲痛な叫びのように聞こえた。

そして、父が帰宅してからつくる御飯の味気なさと、三人だけの食卓の居心地の悪い静けさは、今でもありありと思い出すことができる。何を話しても話がとぎれ、テレビをつけっぱなしにしたところで、静けさを際立たせるばかりだった。この気まずさは母がいないせいだ、とわかっていたのだが、幼心にも、その淋しさを父に訴えてはいけない、と思っていた。味気ない御飯をごくんと飲み込みながら、いろんなことに、我慢しなければならないと思っている自分に、泣きたいような気持ちになり、ただ胸がつかえるばかりだった。

娘たちに淋しい思いをさせないように、と父なりに気をつかっていることも、わかっていた。しかし、父が食事をつくるようになってから、食卓が、なんとなく男っぽくて食欲をそそらない茶色になってしまったような感じがしたのだ。父好みの焼き魚や煮魚、チクワや油揚げやこんにゃくを醬油で甘辛く煮含めたもの、ほうれん草のおひたしが見えなくなるくらい、こんもりとふりかけられた鰹節、醬油で味つけした卵焼きなど、茶色のものばかりで、それらが、私には、わびしい枯れ草の色に見えた。

たまに姉がスーパーから買ってきた、コロッケやフライなどが出されたが、ソースをかければ、ますます淀んだ枯れ色で、食欲は湧かず、残してはいけない、とうるさく言われて、しぶしぶ口に運ぶ冷えたみそ汁までもが、ドロリと哀しく喉をつたい落ちたものだ。

同じ時期、学芸会の練習がはじまったことも、母の入院の淋しさを際立たせたのかもしれない。なにしろ小学校に上がったばかりのはじめての学芸会だった。私は「大きな大根」という劇に出ることになっていた。動物たちを集めて、大きな大根をひっぱり上げるのを指図するおばあさんの役で、セリフの多い大役であった。カスリのモンペをはくのはいやだったけれど、入院中の母に代わって、友だちのお母さんが私の衣装を用意してくれた。

そんな話を入院中の母にすると、

「ごめんね、ちゃんとしてあげられなくて。行けなくて」

何度も言った。それまであまり気にしなかったのに、母から一方的にあやまられると、自分がとてもかわいそうな境遇で、それに耐えているという悲劇のヒロインの気持ちになっていた。

私が母の入院で覚えていることは、これぐらいのことだけだった。

たまたまテレビで、アニメ映画の「となりのトトロ」を見たのは、それから二十年も経った二十代後半のころだったと思う。

話題になっていたのはわかっていたが、食わず嫌いで、それほど関心がなかったはずなのに、思わず見入ってしまい、いつの間にか引き込まれていたのである。そして、テレビの前で熱い思いがこみ上げてくるのを抑えきれなかった。

「となりのトトロ」の時代背景はもとより、登場してくる姉妹の歳まわりやそれぞれの性格、そして母親が入院していることなど、まるで、あのときの姉と私を見るようだったからだ。私はいっきにあのころの淋しさを思い出していたのだ。

いや、なによりも胸を打たれたのは、母親がわりに、わがままな妹の面倒を見たり、父親を手伝ったり、心配をかけまいと入院している母の前では決して泣き言を言わない、ひたむきで健気なお姉さんの姿だった。

　このアニメを見るまでは、気づかなかった私の姉そっくりの主人公が、そこにいたのである。

　そういえば、学芸会の当日、仕事で忙しい父に代わって、姉がお弁当をつくってくれた。姉がはじめて御飯を炊いて握ったおにぎりで、苺の模様の洗いざらしのガーゼのハンカチに包まれていた。それを開けると小さいおにぎり二個が、おせんべの硬いビニール袋に入っていたのだった。今までみたことのない奇妙な形をしていた。どうして母のつくるものと違うのだろう、と不思議に思った。よく見ると、海苔でくるんだその上に、たくさんの御飯粒がついていて、汚く、みすぼらしい感じがした。とっさに私は、そのビニール袋を、ハンカチで隠していた。おそるおそる手をしのばせて、そのひとつをつかめば、いびつなおにぎりは指が食い込んでしまうくらいやわらかく、袋から出すと形が崩れた。うつむきながら両手で隠すようにそれを食べると、ほのかにおせんべの匂いがした。御飯粒のついた海苔がべろんと剝がれて、やわらかすぎる御飯をにちゃっと嚙めば、冷たく歯にしみて、塩気のしない御飯は生臭く、思いっきり不機嫌になってしまうほどおいしくなかった。誰にぶつけたらいいのかわからない、やりきれなさがこみ上げてきた。

今日は学芸会という特別な日で、遠足や運動会と同じように、お弁当も特別でなければならないはずだ。みじめな気持ちであたりを見渡すと、どの友だちのお弁当も色とりどりで豪華に見えた。本当はこの晴れ姿を母に見てもらいたかったはずだ、ということを思い出していたのだ。にちゃにちゃするおにぎりをうつむきながら口に運ぶたびに、母の入院や華やかな学芸会で家族の誰も見に来てくれない自分の身の上が、とてもみじめで哀しいものに思われた。

あんなにまずくて哀しいおにぎりはなかった。

そして長い間、私はそれほど大切な場面の大切なおにぎりだとは思ってもみなかったのである。

しかし「となりのトトロ」を見たとたん、まずいおにぎりと同時に、握ってくれた姉のことを思い出していたのだった。母が入院して心細かったのは姉も同じだ。そんな姉が学芸会の朝、妹のために御飯を炊いて懸命におにぎりを握ってくれたのだ。きっと、父に聞くこともなく、見よう見まねでつくったのだろう。おせんべの袋に入れてガーゼのハンカチで包んだのも姉だ。

母の入院でいろんなことにじっと耐えていたのは姉のほうかもしれない。そんなことを思っていると、あのおにぎりのまずい感触やそれを口にしたときの哀しさを思い出し、妹思いの姉の健気な姿を思ったりして、今ごろになって、ハラハラと涙がこぼれそうになってしまうのである。

無塩《ぶえん》の握り飯

鹿児島阿房列車後章より

内田百閒

うちだ・ひゃっけん
1889年岡山県生まれ。小説家、随筆家。夏目漱石に師事。おもな著作に『冥途』、『百鬼園随筆』など。鉄道愛好家として『阿房列車』を著すほか、愛猫家としても知られ、飼い猫ノラを描いた『ノラや』は、現在も多くの読者を持つ。1971年没。

人吉駅はもう平地である。平地と云うよりは盆地らしい。だから暑い。駅を出た沿線に野生の芭蕉があった。重たそうに頭《こうべ》を垂れた姿の竹の叢《くさむら》もある。臺灣《たいわん》で見た様な気がする。

大分行ってから、球磨《くま》川の岸に出た。汽車は岸にすれすれに走り続ける。

人吉の駅に這入《はい》る前に、水量の多い川があったので、多分球磨川だろうと思ったが、その鉄橋を渡ったから、そうすると汽車も川も同じ方向に走るとすれば、川は汽車の左側になる。支店長や、乗ってからこの汽車の車掌にも聞いて、球磨《くま》川は右側の窓から見えると教わっているので、そのつもりで右側の座席にいるのに、少し心許《こころもと》ない。

鹿児島から鹿児島本線の急行列車に乗って帰って行けばいいものを、わざわざ肥薩線などに乗って、魚屋に接触されたのは、東京を立つ前に状阡《じょうせん》にそそのかされた為である。鹿児島まで行くのだったら、是非帰りは肥薩線に乗って、球磨川を伝って八代《やつしろ》へお出なさいと勧めるから、ついその気になった。

その球磨川が車内の反対側の窓の下を流れるのだったら甚《はなは》だつまらない。何だか落ちつかなくなっていたら、その内に川が見え出した。矢っ張り左側である。萬事休するかと思う内に、又もう一度鉄橋を渡った。それで川が右側の、私の窓のすぐ下へ来た。

宝石を溶かした様な水の色が、きらきらと光り、或《あるい》はふくれ上がり、或は白波でおおわれ、目が離せない程変化する。対岸の繁みの中で啼く頬白《ほおじろ》の声が川波を伝って、一節《ふし》一節《ふし》はっきり聞こえる。見馴れない形の釣り舟が舫《もや》っていたり中流に出ていたり、中流の舟に突っ起っていた男が釣り竿を上げたら、魚が二匹、一どきに上がってぴんぴん跳ねている。鮎だろう。

山系君がじっと眺めていたが、こっちを向いて、「先生、まだお弁当を食べないのですか」と云った。

さっき山系はどこかの駅で、網袋に這入ったゆで玉子を買った。私の鼻の先にぶら下げて、食わないかと云ったけれど、何だ下らない、だれがそんな物を食べるものかとことわった。

しかし後で、山系があっちを向いている間に、私も一つ食べた。

山系君は今朝の朝飯を食べた。だから食べた物がおなかになくなれば腹がへるだろう。それでゆで玉子なぞと云う奇想天外の物を買ったに違いない。私も一つ失敬したけれど、それは目の前にぶら下げて誘惑したからで、もともと私は腹はへっていない。へっていなくはないけれど、もとからおなかの中になんにも無いと云うだけで、あった物がなくなった空虚感はない。昨夜の酒盛り以来、今朝になっても、朝は寝ていたけれど、起きてからでも何も食べていないから、割りに平気である。食べればいつでも食べられる。しかし食べなくてもいい。食べるのは面倒臭い。汽車の中が魚屋でこんでいたり、隧道《すいどう》が続いたり、ルウプ線だったり、景色がよかったり、そんな時に食べる気はしない。しかし山系君から、弁当を使わないかといざなわれて見れば、私も丁度今がその気持である。

宿の女中が包んでくれた折をあけた。蓋を取って見ると、驚いた事に鼓の形の握り飯が一ぱい詰まって、阿房《あほう》が昼寝をした様に押しくら饅頭しているだけで、外《ほか》の物はなんにも這入っていない。これでは食べられはしない。きっとおかずは駅売りの物を何か買うだろうと彼女が判断したのである。それにしても一寸《ちよつと》佃煮か漬け物を添えておいてくれればいいのに、それどころか、昨日宿で出した時は胡麻塩で結んであったのが、今日は胡麻も掛かっていないすっぽろ飯である。

「これじゃ食べられないね」

「はあ」

山系君も感心して見ている。

しかしながら、矢っ張り食べた。一旦そのつもりになって催したから、思い止まって蓋をするわけには行かない。山系にも因果をふくめて、是非食べる様すすめた。一つ口に入れて見たが、ろくろく塩味も利いていない。全くどうにもならない代《しろ》物《もの》である。うまくなぞないのは勿論《もちろん》だが、一たび食べるときめた以上、その方針に従って食べてしまう。お茶でもあれば嚥《の》み込むけれど、それもない。山系が途中で投げ出すかも知れないから、そうさせない様に監視しながら、食べ続けた。

八つか十這入《はい》っていたのだと思う。後に二つ残っている。

「もう咽喉を通らない」

「もう駄目です」

しかし残った二つを窓から捨ててはいけない。そう云う事をすると目がつぶれる。大事にしまって、八代《やつしろ》の宿へ持って行く事にした。

汽車がもう一度鉄橋を渡って球磨川の岸から離れ、それから八代駅についた。

断腸亭日乗（抄）

永井荷風

ながい・かふう
1879年東京生まれ。高商附属外国語学校清語科中退。5年間の外遊の後、帰国し『あめりか物語』、『ふらんす物語』（発禁）を発表。1910年、慶應義塾大学教授となり「三田文学」を創刊。1952年、文化勲章受章。『断腸亭日乗』は、1917年から没年までの日記。1959年没。

八月十五日。陰《くも》りて風涼し。宿屋の朝飯、雞卵、玉葱《たまねぎ》味噌汁、はや小魚つけ焼、茄《な》子《す》香《こう》の物《もの》なり。これも今の世にては八百膳《やおぜん》の料理を食するが如き心地なり。飯後谷崎君の寓舎に至る。鉄道乗車券は谷崎君の手にて既に訳もなく購ひ置かれたるを見る。雑談する中《うち》汽車の時刻迫り来る。再会を約し、送られて共に裏道を歩み停車場に至り、午前十一時二十分発の車に乗る。新見の駅に至る間隧道《すいどう》多し。駅ごとに応召の兵卒と見送人小学校生徒の列をなすを見る。されど車中甚しく雑沓せず。涼風窓より吹入り炎暑来路に比すれば遥に忍びやすし。新見駅にて乗替をなし、出発の際谷崎君夫人の贈られし弁当を食す。白米のむすびに昆布佃煮《つくだに》及牛肉を添へたり。欣喜措《お》く能《あた》はず。食後うとうとと居眠りする中山間《うち》の小駅幾個所を過ぎ、早くも西《にし》総社《そうじゃ》また倉敷の停車場をも後にしたり。農家の庭に夾竹桃《きょうちくとう》の花さき稲田の間に蓮花の開くを見る。午後二時過岡山の駅に安着す。焼跡の町の水道にて顔を洗ひ汗を拭ひ、休み休み三門の寓舎にかへる。S君夫婦、今日正午ラヂオの放送、日米戦争突然停止せし由を公表したりと言ふ。あたかも好し、日暮染物屋《そめものや》の婆、雞肉葡萄酒を持来る、休戦の祝宴を張り皆〻酔うて寝《しん》に就きぬ。

〔欄外墨書〕正午戦争停止。

腹のへった話

梅崎春生

うめざき・はるお
1915年福岡県生まれ。小説家。1940年東京帝国大学国文科を卒業。1946年、海軍体験を踏まえた『桜島』を発表。続けて『日の果て』、『B島風物誌』などを発表し戦後派作家としての地歩を確立。1954年、『ボロ家の春秋』で直木賞受賞。1965年没。

申すまでもなく、食物をうまく食うには、腹をすかして食うのが一番である。満腹時には何を食べてもうまくない。

今私の記憶のなかで、あんなにうまい弁当を食ったことがない、という弁当の話を書こうと思う。弁当と言っても、重箱入りの上等弁当でなく、ごくお粗末な田舎駅の汽車弁当である。

中学校二年の夏休み、私は台湾に遊びに行った。花蓮《かれん》港に私の伯父がいて、私を招いてくれたのである。うまい汽車弁当とは、その帰路の話だ。

花蓮港というのは東海岸にあり、東海岸は切り立った断崖になっている関係上、その頃まだ道路が通じてなく、蘇澳《そおう》から船便による他はなかった。その船も二、三百屯《トン》級の小さな汽船で、花蓮港に碇泊《ていはく》してハシケで上陸するのである。

で、八月末のある日の夕方、私はハシケで花蓮港岸を離れ、汽船に乗り込んだ。この汽船がひどく揺れることは、往路においてわかったから、夕飯は抜きにした。私は今でも船には弱い。

そして案の定、船は大揺れに揺れ、私は吐くものがないから胃液などを吐き、翌朝蘇澳に着いた。船酔いというものは、陸地に上がったとたんにけろりとなおるという説もあるが、実際はそうでもない。上陸しても、まだ陸地がゆらゆら揺れているような感じで、三十分や一時間は気分の悪いものである。だから少し時間はあったが、何も食べないで、汽車に乗り込んだ。そのことが私のその日の大空腹の原因となったのである。

蘇澳から台北まで、その頃、やはり十二時間近くかかったのではないかと思う。

ローカル線だから、車も小さいし、速度も遅い。第一に困ったのは、弁当を売っているような駅がほとんどないのだ。

汽車に乗り込んで一時間も経った頃から、私はだんだん空腹に悩まされ始めてきた。それはそうだろう。前の日の昼飯（それも船酔いをおもんぱかって少量）を食っただけで、あとは何も食べていないし、それに中学二年というと食い盛りの頃だ。その上汽車の振動という腹へらしに絶好の条件がそなわっている。おなかがすかないわけがない。蘇澳で弁当を買って乗ればよかったと、気がついてももう遅い。

昼頃になって、私は眼がくらくらし始めた。停車するたびに、車窓から首を出すのだが、弁当売りの姿はどこにも見当らぬ。もう何を見ても、それが食い物に見えて、食いつきたくなってきた。海岸沿いを通る時、沖に亀山島という亀にそっくりの形の島があって、私はその島に対しても食欲を感じた。あの首をちょんとちょん切って、甲羅をはぎ、中の肉を食べたらうまかろうという具合にだ。

艱難《かんなん》の数時間が過ぎ、やっと汽車弁当にありついたのは、午後の四時頃で、何と言う駅だったかもう忘れた。どんなおかずだったかも覚えていない。べらぼうにうまかったということだけ（いや、うまいという程度を通り越していた）が残っているだけだ。一箇の汽車弁当を、私はまたたく間に、ぺらぺらと平らげてしまったと思う。

　そんなに腹がへっていたなら、二箇三箇と買って食えばいいだろうと、あるいは人は思うだろう。そこはそれ中学二年という年頃は、たいへん自意識の多い年頃で、あいつは大食いだと周囲から思われるのが辛さに、一箇で我慢したのである。一箇だったからこそ、なおのことうまく感じられたのだろう。あの頃のような旺盛な食欲を、私はいま一度でいいから持ちたいと思うが、もうそれはムリであろう。

弁当

山崎ナオコーラ

やまざき・なおこーら
1978年、福岡県生まれ。埼玉県育ち。小説家。2004年、会社員をしながら書いた「人のセックスを笑うな」が文藝賞を受賞し、デビュー。小説に『ニキの屈辱』『ニセ姉妹』『リボンの男』、エッセイに『指先からソーダ』『かわいい夫』『母ではなくて、親になる』『ブスの自信の持ち方』『むしろ、考える家事』など。

毎日ではないが、ときどき夫に弁当を作る。

夜に、いろいろ仕込む。炊飯器のタイマーをセットし、野菜を切ってタッパーに入れ、日持ちしそうな料理なら作ってしまっておく。

朝起きて、おかず三品とスープを並行して用意する。時間と空間のパズルのようだ。「この時間とこの時間の隙間《すきま》にあれをやって……」。おかずは三品入れるから、あれとあれとあれ……」と頭の中で組み合わせていくと楽しくなってくる。

夫の弁当を作るのはなんのためか。子どもの弁当ならなんとなくわかる。だが、夫のとなると、どうしても作らなければならない性質のものではない。

人によって、「節約のため」「外に出て稼いできてくれる夫への感謝を表すため」「健康のため」などの理由があるだろう。私も、最初は、「節約しよう」と考えて弁当作りを始めた。

だが、実際には、弁当はそこまで節約に繋《つな》がっておらず、その時間に私が仕事をして稼いだ方が家計としてはプラスになる。

そして、私は家で仕事をしているが、収入という面だけで見れば外で働いている夫よりも多く、夫の稼ぎに感謝、とは思えていない。

健康を考えて、というのはちょっとある。

でも、やっぱり、夫の「書店員という仕事」を尊敬しているから、というのが一番の理由ではないかと思う。

書店員としての夫の仕事を私が支えよう、とは思わない。夫の仕事は夫や同僚の方々のもので、私のものではない。

また、稼いでくれるかどうか、というところは私の問題ではない。

仕事というのは誰かのためにするものではない気がする。結婚当初、「私が大黒柱だから、これからはもっと稼ごう」と思った。しかし、そうすると上手く書けなくなった。

やはり、夫や子どものために仕事をしてはいけないのだ。自分が社会参加したいからやる。その結果、お金をもらえて家族で暮らせるのはありがたい。でも、養うことを目的に仕事をしては本末転倒だ。

夫にも、「妻子のために、もっと稼ごう」なんて思って欲しくない。自分の仕事が社会的意義のあるものだと信じて、社会や自分のためにやってもらいたい。そういう思いを、私は弁当箱に詰めたい。

運動会の栗ご飯

小川糸

おがわ・いと
1973年生まれ。小説家。2008年、『食堂かたつむり』でデビュー。同作は11年にイタリアのバンカレッラ賞、13年にフランスのウジェニー・ブラジエ賞を受賞。小説に『つるかめ助産院』『ツバキ文具店』『ライオンのおやつ』『とわの庭』など、エッセイ集に『これだけで、幸せ』『育てて、紡ぐ。暮らしの根っこ』『針と糸』など。

私が子どもの頃、運動会はもっぱら秋に行われる行事だった。秋といえば、食欲の秋。運動会そのものはあまり覚えていないのだが、運動会のお昼に食べるお弁当が楽しみだったことは、今でも鮮明に覚えている。

運動会が近づくと、母は仕事の帰りにいくつか青果店に立ち寄って、その年の栗の出来をチェックし始める。その日のお弁当は、必ず、栗ご飯と決まっていた。そして、今年はどこそこの店の栗がいいとか、今年は去年よりも高いとか安いとか、その年の栗情報を報告した。あまりいい栗が手に入らなそうな時は、今年はまだ小さいのしかないと嘆いて、しょんぼりと肩を落としていた。

青果店巡りの末に今年のナンバーワンの栗を決めると、運動会の前日にそれを買ってきて、皮を剝《む》き、当日の朝、栗ご飯を炊いてくれた。もち米を混ぜて炊く母の作る栗ご飯は、ほんのりお醬油味で、冷めてもおいしかった。おかずなどなくてもいいくらいで、栗ご飯さえ食べられれば、私にとっての運動会は完結したも同然だった。

よく、店で売られている栗ご飯で甘い栗の甘露煮を使ったのがあるけれど、私は苦手である。あれだと、お菓子を食べているような気分になって、どうもいただけない。栗ご飯はやっぱり、生の栗を剝いたのでなければ、栗本来のおいしさが味わえない。

が、言うは易し、行うは難しである。数年前、一念発起して、自分で栗ご飯に挑戦したのだが、想像をはるかに超えて大変だった。なんとか手間を省こうと栗の皮を簡単に剝く方法を調べたものの、基本的には、鬼皮も渋皮もひとつひとつ手作業で剝くしかなく、それはまさしく骨の折れる作業だった。熱湯に数時間つけると鬼皮は少し楽に剝けるようになるが、渋皮の方はコツコツと包丁で剝いていくしかない。

途中から手がしびれ、肩もこり、目も疲れてくる。けれど、油断すると包丁の刃先で指を切りそうになるので、真剣勝負だ。すべての栗を剝き終わった時には心身共に疲れ果て、もう二度と栗ご飯など作るものかと弱音を吐いていた。その上、苦労して作ったわりに夫が栗ご飯を喜んで食べなかったりすると、ますます落胆してしまう。

夜遅くまで、母が包丁を手に栗の皮を剝いていた後ろ姿を思い出す。私が一回で音をあげてしまったような作業を、母は毎年、一言の文句も言わずにしてくれていたのだ。

それはひとえに、娘の喜ぶ顔が見たかったからなのだろう。そのことにやっと気づいて、涙がこぼれた。

晩年、母は山で拾ってきた栗を剝いて、それを栗ご飯にして送ってくれた。山栗は、市販の栗よりもっともっと小さい。剝いたらほとんど食べるところがない程だった。あの小さな栗こそが、母からの愛情だったのだ。

収録作品一覧

「弁当三十六景」木内昇／『みちくさ道中』（平凡社）
「お弁当」向田邦子／『向田邦子全集〈新版〉7』（文藝春秋）
「かっこいいおにぎり」穂村弘／『君がいない夜のごはん』（NHK出版）
「のり弁の日」江國香織／『やわらかなレタス』（文藝春秋）
「敗戦は日の丸弁当にあり」池部良／『食い食い虫』（新潮社）
「かつぶし弁当」阿川佐和子／『魔女のスープ　残るは食欲2』（マガジンハウス）
「おにぎりころりん」杉浦日向子／『杉浦日向子の食・道・楽』（新潮文庫）
「白い御飯」金井美恵子／『待つこと、忘れること？』（平凡社）
「ウサギ林檎のこと」原田宗典／『平凡なんてありえない』（角川文庫）
「笑う弁当」林真理子／『食べるたびに、哀しくって…』（角川文庫）
「早弁の発作的追憶」椎名誠／『全日本食えばわかる図鑑』（集英社文庫）
「赤いアルマイトのお弁当箱」池波志乃／『食物のある風景』（徳間文庫）
「二段海苔と三色御飯の弁当」川本三郎／『君のいない食卓』（新潮社）
「私のお弁当」沢村貞子／『わたしの台所』（光文社文庫）
「汽車弁当」獅子文六／『獅子文六全集第十五巻』（朝日新聞社）
「弁当くん」矢部華恵／『キモチのかけら』（筑摩書房）

「お上のお弁当を食べた話」入江相政／『侍従とパイプ』（中公文庫）
「弁当熱」角田光代／『よなかの散歩』（オレンジページ）
「〈ほっかほっか弁当〉他　抄」洲之内徹／『さらば気まぐれ美術館』（新潮社）
「お弁当」南伸坊／『対岸の家事』（日本経済新聞出版社）
「弁当恋しや」阿川弘之／『食味風々録』（新潮文庫）
「弁当」八代目坂東三津五郎／『八代目坂東三津五郎の食い放題』（光文社文庫）
「お弁当…無責任時代の象徴」酒井順子／『箸の上げ下ろし』（日本放送出版協会）
「むすび」野上彌生子／『野上彌生子全集第二十二巻』（岩波書店）
「夜行」泉昌之／『かっこいいスキヤキ』（扶桑社文庫）
「母の掌の味」吉川英治／『バナナは皮を食う』（暮しの手帖社）
「手のひらに抱かれた米」筒井ともみ／『舌の記憶』（スイッチ・パブリッシング）
「暗がりの弁当」山本周五郎／『完本山本周五郎全エッセイ』（中央大学出版部）
「母のいなりずし」立原えりか／『昭和、あの日あの味』（新潮文庫）
「贈物」高濱虚子／『バナナは皮を食う』（暮しの手帖社）
「ケンタロウ大好き！」吉本ばなな／『ごはんのことばかり100話とちょっと』（朝日新聞出版）に収録
の「87」を改題
「おにぎり抄」幸田文／『幸田文全集第六巻』（岩波書店）
「空弁体験記」東海林さだお／『アンパンの丸かじり』（朝日新聞出版）

「駅弁」吉村昭／『街のはなし』（文春文庫）
「信越線長岡駅の弁当」吉田健一／『吉田健一集成6』（新潮社）
「お弁当」武田百合子／『ことばの食卓』（ちくま文庫）
「弁当（B）」池波正太郎／『池波正太郎エッセイ・シリーズ6　新装版食卓のつぶやき』（朝日文庫）
「シューマイ弁当　背負ったものを、切り落とし」中坊公平／『金ではなく鉄として』（岩波書店、2000年10月16日朝日新聞記事として）
「姉のおにぎり」白石公子／『十八歳の寿司』（幻冬舎）
「無塩の握り飯　鹿児島阿房列車後章より」内田百閒／『内田百閒集成1　阿房列車』（ちくま文庫）
「断腸亭日乗（抄）」永井荷風／『摘録　断腸亭日乗』（岩波文庫）
「腹のへった話」梅崎春生／『あまカラ　4月号　第六十八号』（甘辛社）
「弁当」山崎ナオコーラ／『かわいい夫』（夏葉社）
「運動会の栗ご飯」小川糸／『針と糸』（毎日新聞出版）

・収録作品の「お上のお弁当を食べた話」の著作権者の方は大和書房までご連絡くださいますようお願い申し上げます。

・本作品はPARCO出版より2013年9月に刊行された『アンソロジー　お弁当。』を改題し、再編集して文庫化したものです。
・「断腸亭日乗　抄」（永井荷風）、「腹のへった話」（梅崎春生）、「弁当」（山崎ナオコーラ）、「運動会の栗ご飯」（小川糸）は、文庫化にあたり新たに収録したものです。

著者

阿川佐和子、阿川弘之、池波志乃、池波正太郎、池部良、泉昌之、入江相政、内田百閒、梅崎春生、江國香織、小川糸、角田光代、金井美恵子、川本三郎、木内昇、幸田文、酒井順子、沢村貞子、椎名誠、獅子文六、東海林さだお、白石公子、杉浦日向子、洲之内徹、高濱虚子、武田百合子、立原えりか、筒井ともみ、永井荷風、中坊公平、野上彌生子、八代目 坂東三津五郎、林真理子、原田宗典、穂村弘、南伸坊、向田邦子、矢部華恵、山崎ナオコーラ、山本周五郎、吉川英治、吉田健一、吉村昭、吉本ばなな（50音順）

だいわ文庫

おいしいアンソロジー　お弁当《べんとう》
ふたをあける楽《たの》しみ。

著者　阿《あ》川《がわ》佐《さ》和《わ》子《こ》 他《ほか》

二〇二二年一一月一五日第一刷発行
二〇二四年一二月二五日第三刷発行

発行者　佐藤 靖
発行所　大和《だいわ》書房
東京都文京区関口一―三三―四　〒一一二―〇〇一四
電話　〇三―三二〇三―四五一一

フォーマットデザイン　鈴木成一デザイン室
本文デザイン　藤田知子
親本選者　杉田淳子
本文印刷　信毎書籍印刷
カバー印刷　山一印刷
製本　ナショナル製本

ISBN978-4-479-32033-3
乱丁本・落丁本はお取り替えいたします。
https://www.daiwashobo.co.jp